JN129894

考えを深める

教科書のお話

5年生

考えを深める
教科書のお話 5年生

もくじ

（★）の作品は長編のため、一部を掲載しています。続きはぜひ単行本を読んでみてください。
掲載作品は、内容は同じでも、教科書の文とはことなるものもあります。

カバーイラスト　ひらのりょう

はじめに

この本を読むみなさんへ

この本では、教科書に掲載されている物語を紹介しています。「いつか、大切なところ」は読者である皆さんと同じ五年生の亮太が主人公です。亮太の視点で描かれることで、彼の気持ちのゆれ動きが伝わってきます。描かれている出来事も「ああ、私もそんなことあったな」、「亮太の気持ち、わかる。同じだ。」と共感するところもあるでしょう。

「雪渡り」はさまざまな表現の工夫のある作品です。物語の展開だけでなく、さまざまな表現にふれ、味わえることも、多様な作品が収録されている教科書のお話の魅力だと思います。表現の工夫を知ることで、物語の意味をより深く考えることができます。また、自分の思いや考えを表すときにも使うことができます。

他にも名作と呼ばれる作品が多く紹介されています。さあ、物語の世界をたっぷり、どっぷり楽しみましょう！

保護者の方へ

小学校の時に読んだ物語、といわれて、大人になった皆さんが思いうかべるお話はなんでしょう？「おおきなかぶ」「モチモチの木」「ごんぎつね」「海のいのち」など、今も教科書に掲載されているお話を思い出された方もいらっしゃることでしょう。

本書は、今の子どもたちにはもちろん、かつて子どもだった大人の皆さんにもお勧めしたい一冊です。親子で読んでいただき、ぜひお話についての感想を話し合ってみてください。いつのまにか、本音で話し合っていることに気づくことでしょう。共通の題材について、自由に感想を話し合うことが、子どもたちの心を育てることにつながります。大人の皆さんにとっても、それはかけがえのない時間になると思います。

読書は、「非認知能力」を育むのに効果的です。好奇心や共感性、コミュニケーション能力などの非認知能力は、学校生活だけでなく、社会生活においても役立ちます。非認知能力を育むことで、子どもたちはより豊かな心持ちで過ごすことができるでしょう。本書は読み物としてだけでなく、コミュニケーションのための一冊としても、ぜひ活用していただきたいと思います。さあ皆さんでお話の世界を楽しみましょう！

筑波大学附属小学校　国語科教諭　白坂　洋一

雪渡り

［作］宮沢賢治　［絵］ひらのりょう

その一（子ぎつね紺三郎）

雪がすっかり凍って大理石よりもかたくなり、空も冷たいなめらかな青い石の板でできているらしいのです。

「かた雪かんこ、しみ雪しんこ。」

お日様がまっ白に燃えてゆりのにおいをまきちらし、また雪をぎらぎら照らしました。

木なんかみんなザラメをかけたように霜でぴかぴかしています。

「かた雪かんこ、しみ雪しんこ。」

四郎とかん子とは小さな雪ぐつをはいてキックキックキックキック、野原に出ました。

こんなおもしろい日が、またとあるでしょうか。いつもは歩けないきびの畑の中でも、すすきでいっぱいだった野原の上でも、すきなほうへどこまででも行けるのです。平らなことはまるで一枚の板です。そしてそれがたくさんの小さな小さな鏡のようにキラキラキラキラ光るのです。

「かた雪かんこ、しみ雪しんこ。」

二人は森の近くまできました。大きなかしわの木は枝も埋まるくらいりっぱなすきとおった氷柱を下げて重そうに身体を曲げておりました。

「かた雪かんこ、しみ雪しんこ、きつねの子ぁ、嫁ほしい、ほしい。」

と二人は森へむいて高く叫びました。

しばらくしいんとしましたので二人はも一度叫ぼうとして息をのみこんだとき森の中から、

「しみ雪しんしん、かた雪かんかん。」

といいながら、キシリキシリ雪をふんで白いきつねの子が出てきました。

四郎は少しぎょっとしてかん子をうしろにかばって、しっかり足をふんばって叫びました。

「きつねこんこん白ぎつね、お嫁ほしけりゃ、とってやろよ。」

するときつねがまだまるで小さいくせに銀の針のようなおひげをピンと一つひねっていいました。

「四郎はしんこ、かん子はかんこ、おらはお嫁はいらないよ。」

四郎が笑っていいました。

「きつねこんこん、きつねの子、お嫁がいらなきゃ餅やろか。」

するときつねの子も頭を二つ三つ振っておもしろそうにいいました。

「四郎はしんこ、かん子はかんこ、き

びのだんごをおれやろか。」

かん子もあんまりおもしろいので四郎のうしろにかくれたままそっと歌いました。

「きつねこんこんきつねの子、きつねのだんごはうさのくそ。」[*1]

すると子ぎつね紺三郎は笑っていいました。

「いいえ、決してそんなことはありません。あなた方のようなりっぱなお方がうさぎの茶色のだんごなんかめしあがるもんですか。私らは全体いままで人をだますなんてあんまりむじつの罪をきせられていたのです。」

四郎がおどろいてたずねました。

「そいじゃきつねが人をだますなんてうそかしら。」

紺三郎が熱心にいいました。

「うそですとも。けだしもっともひどいうそです。だまされたという人はたいていお酒に酔ったり、臆病でくるくるしたりした人です。おもしろいですよ。甚兵衛さんがこの前、月夜の晩私たちのおうちの前にすわって一晩じょうるり[*2]

*1 うさぎ。　*2 びわや三味線のばんそうで物語を語り聞かせる芸。

をやりましたよ。私らはみんな出て見たのです。」

四郎が叫びました。

「甚兵衛さんならじょうるりじゃないや、きっと浪花ぶしだぜ。」

子ぎつね紺三郎はなるほどという顔をして、

「ええ、そうかもしれません。とにかくおだんごをおあがりなさい。私のさしあげるのは、ちゃんと私が畑を作ってまいて草をとって刈って叩いて粉にして練ってむしてお砂糖をかけたのです。いかがですか。一皿さしあげましょう。」

といいました。

と四郎が笑って、

「紺三郎さん、ぼくらはちょうどいまね、お餅をたべてきたんだからおなかがへらないんだよ。この次におよばれしようか。」

子ぎつねの紺三郎がうれしがってみじかい腕をばたばたしていいました。

「そうですか。そんならこんど幻燈会のときさしあげましょう。幻燈会にはきっといらっしゃい。この次の雪の凍った月夜の晩です。八時からはじめますから、入場券をあげておきましょう。なん枚あげましょうか。」

「そんなら五枚おくれ。」

と四郎がいいました。

「五枚ですか。あなた方が二枚にあとの三枚はどなたですか。」

と紺三郎がいいました。

「兄さんたちだ。」

と四郎が答えますと、

「兄さんたちは十一歳以下ですか。」

と紺三郎がまたたずねました。

「いや小兄さんは四年生だからね、八つの四つで十二歳。」

と四郎がいいました。

するとと紺三郎はもっともらしくまたおひげを一つひねっていいました。

「それでは残念ですが兄さんたちはおことわりです。あなた方だけいらっしゃい。特別席をとっておきますから、おもしろいんですよ。幻燈は第一が『お酒をのむべからず。』これはあなたの村の太右衛門さんと、清作さんがお酒をのんでとうとう目がくらんで野原にあるへんてこなおまんじゅうや、おそばを食べようとしたところです。私も写真の中にうつっています。第二が『わなに注意せよ。』これは私どものこん兵衛が野原でわなにかかったのをかいたのです。絵です。写真ではありません。第三が『火を軽べつすべからず。』これは私どものこん助があなたのおうちへ行ってしっぽを焼いた景色です。ぜひおいでください。」

二人はよろこんでうなずきました。

きつねはおかしそうに口をまげて、キックキックトントンキックキックトントンと足ぶみをはじめてしっぽと頭をふってしばらく考えていましたがやっと思いついたらしく、両手をふって調子をとりながら歌いはじめました。

「しみ雪しんこ、かた雪かんこ、
　野原のまんじゅうはポッポッポ。
酔ってひょろひょろ太右衛門が、

去年、三十八、たべた。
しみ雪しんこ、かた雪かんこ、
　野原のおそばはホッホッホ。
酔ってひょろひょろ清作が、
　去年十三ばいたべた。」

四郎もかん子もすっかり釣りこまれてもうきつねといっしょに踊っています。

キック、キック、トントン。キック、キック、トントン。キック、キック、キック、キック、トントントン。

四郎が歌いました。

「きつねこんこんきつねの子、去年きつねのこん兵衛が、ひだりの足をわなに入れ、こんこんばたばたこんこんこん。」

かん子がうたいました。

「きつねこんこんきつねの子、去年きつねのこん助が、焼いた魚を取ろうとしておしりに火がつききゃんきゃんきゃん。」

キック、キック、トントン。キック、キック、トントン。キック、キック、キック、キックトントントントン。

そして三人は踊りながらだんだん林の中にはいって行きました。赤い*封蝋細工のほおの木の芽が、風に吹かれてピッカリピッカリと光り、林の中の雪にはあい色の木の影がいちめんに網になって落ちて日光のあたるところには銀のゆりが咲いたように見えました。

すると子ぎつね紺三郎がいいました。

「しかの子もよびましょうか。しかの子はそりゃ笛がうまいんですよ。」

四郎とかん子とは手を叩いてよろこびました。そこで三人はいっしょに叫びました。

「かた雪かんこ、しみ雪しんこ、しかの子ぁ嫁ぃほしいほしい。」

すると向こうで、

「北風ぴいぴい風三郎、西風どうどう又三郎。」

と細いいい声がしました。

きつねの子の紺三郎がいかにもばかにしたように、口をとがらしていいました。

「あれはしかの子です。あいつは臆病ですからとてもこっちへきそうにありません。けれどもう一ぺん叫んでみましょうか。」

そこで三人はまた叫びました。

「かた雪かんこ、しみ雪しんこ、しかの子ぁ嫁ほしい、ほしい。」

すると今度はずうっと遠くで風の音か笛の声か、またはしかの子の歌かこんなように聞こえました。

「北風ぴいぴい、かんこかんこ

　西風どうどう、どっこどっこ。」

きつねはまたひげをひねっていいました。

「雪がやわらかになるといけませんからもうお帰りなさい。今度月夜に雪が凍ったらきっとおいでください。さっきの幻燈をやりますから。」

そこで四郎とかん子とは、

＊封筒やびんの口をとじるために用いる蠟。

「かた雪かんこ、しみ雪しんこ。」

と歌いながら銀の雪を渡っておうちへ帰りました。

「かた雪かんこ、しみ雪しんこ。」

その二（きつね小学校の幻燈会）

青白い大きな十五夜のお月様がしずかに氷の上山から登りました。

雪はチカチカ青く光り、そしてきょうも寒水石のようにかたく凍りました。

四郎はきつねの紺三郎との約束を思い出して妹のかん子にそっといいました。

「今夜きつねの幻燈会なんだね。行こうか。」

するとかん子は、

「行きましょう。行きましょう。きつねこんこんきつねの子、こんこんきつねの紺三郎。」

とはねあがって高く叫んでしまいました。

すると二番目の兄さんの二郎が、

「おまえたちはきつねのとこへ遊びに行くのかい。ぼくも行きたいな。」

といいました。

四郎は困ってしまって肩をすくめていいました。

「大兄さん。だって、きつねの幻燈会は十一歳までですよ、入場券に書いてあるんだもの。」

二郎がいいました。

「どれ、ちょっとお見せ、ははあ、学校生徒の父兄にあらずして十二歳以上の来賓は入場をおことわり申し候、きつねなんてなかなかうまくやってるね。ぼくはいけないんだね。仕方ないや。おまえたち行くんならお餅を持って行っておやりよ。そら、この鏡餅がいいだろう。」

四郎とかん子はそこで小さな雪ぐつをはいてお餅をかついで外に出ました。

きょうだいの一郎二郎三郎は戸口に並んで立って、

「行っておいで。おとなのきつねにあったら急いで目をつぶるんだよ。そら、ぼくらはやしてやろうか。かた雪かんこ、しみ雪しんこ、きつねの子ぁ嫁ぃほしいほしい。」

と叫びました。

お月様は空に高く登り森は青白いけむりに包まれています。二人はもうその森の入り口にきました。

すると胸にどんぐりのきしょう[*1]をつけた白い小さなきつねの子が立っていていいました。

「今晩は。おはようございます。入場券はお持ちですか。」

「持っています。」

二人はそれを出しました。

「さあ、どうぞあちらへ。」

きつねの子がもっともらしくからだを曲げて目をパチパチしながら林の奥を手で教えました。

林の中には月の光が青い棒をなん本も斜めに投げこんだようにさしておりました。その中のあき地に二人はきました。

見るともうきつねの学校生徒がたくさん集まって栗の皮をぶっつけあったりすもうをとったりことにおかしいのは小さな小さなねずみくらいのきつねの子が大きな子どものきつねの肩車に乗ってお星様を取ろうとしているのです。

みんなの前の木の枝に白い一枚の敷布がさがっていました。

不意にうしろで、

「今晩は、よくおいででした。先日は失礼いたしました。」

という声がしますので四郎とかん子とはびっくりして振りむいて見ると紺三郎です。

紺三郎なんかまるでりっぱな*2燕尾服を着て水仙の花を胸につけてまっ白なはんけちでしきりにそのとがったお口をふいているのです。

四郎はちょっとおじぎをしていいました。

「この間は失敬。それから今晩はありがとう。このお餅をみなさんであがってください。」

きつねの学校生徒はみんなこっちを見ています。

＊1　職業や身分などを表すバッヂ。　＊2　男性の夜の礼服。

紺三郎は胸をいっぱいに張ってすまして餅を受けとりました。

「これはどうもおみやげをいただいてすみません。どうかごゆるりとなすってください。もうすぐ幻燈もはじまります。私はちょっと失礼いたします。」

紺三郎はお餅を持って向こうへ行きました。

きつねの学校生徒は声をそろえて叫びました。

「かた雪かんこ、しみ雪しんこ、かたいお餅はかったらこ、白いお餅はべったらこ。」

幕の横に、

「寄贈、お餅たくさん、人の四郎氏、人のかん子氏」

と大きな札が出ました。きつねの生徒はよろこんで手をパチパチ叩きました。

その時ピーと笛が鳴りました。

紺三郎がエヘンエヘンとせきばらいをしながら幕の横から出てきてていねいにおじぎをしました。みんなはしんとなりました。

「今夜は美しい天気です。お月様はまるで真珠のお皿です。お星様は野原の露がキラキラ固まったようです。さてただ今から幻燈会をやります。みなさんはまたたきやくしゃみをしないで目をまんまろに開いて見ていてください。

それから今夜は大切な二人のお客さまがありますからどなたも静かにしないといけません。決してそっちのほうへ栗の皮を投げたりしてはなりません。開会の辞です。」

みんなよろこんでパチパチ手を叩きました。そして四郎がかん子にそっといいました。

「紺三郎さんはうまいんだね。」

笛がピーと鳴りました。

『お酒をのむべからず』大きな字が幕にうつりました。そしてそれが消えて写真がうつりました。一人のお酒に酔った人間のおじいさんがなにかおかしなまるいものをつかんでいる景色です。

みんなは足ぶみをして歌いました。

キックキックトントンキックキックトントン

しみ雪しんこ、かた雪かんこ、
　野原のまんじゅうはぽっぽっぽ
酔ってひょろひょろ太右衛門が
　去年、三十八たべた。
キックキックキックキックトントントン
写真が消えました。四郎はそっとかん子にいいました。
「あの歌は紺三郎さんのだよ。」
べつに写真がうつりました。ひとりのお酒に酔った若い者がほおの木の葉で
こしらえたおわんのようなものに顔をつっこんで何か食べています。紺三郎が
白い袴をはいて向こうで見ている景色です。
みんなは足ぶみをして歌いました。
キックキックトントン、キックキック、トントン、
しみ雪しんこ、かた雪かんこ、
　野原のおそばはぽっぽっぽ、

酔ってひょろひょろ清作が、
　去年十三ばい食べた。

キック、キック、キック、キック、トン、トン、トン。

写真が消えてちょっとやすみになりました。

かわいらしいきつねの女の子がきびだんごをのせたお皿を二つ持ってきました。

四郎はすっかり弱ってしまいました。なぜってたった今太右衛門と清作との悪いものを知らないで食べたのを見ているのですから。

それにきつねの学校生徒がみんなこっちを向いて、「食うだろうか。ね、食うだろうか。」なんてひそひそ話しあっているのです。かん子ははずかしくてお皿を手に持ったまままっかになってしまいました。すると四郎は決心していいました。

「ね。食べよう。お食べよ。ぼくは紺三郎さんがぼくらをだますなんて思わないよ。」

そして二人はきびだんごをみんな食べました。そのおいしいことはほっぺたも落ちそうです。きつねの学校生徒はもうあんまりよろこんでみんな踊りあがってしまいました。

キックキックトントン、キックキックトントン。

「ひるはカンカン日のひかり
よるはツンツン月あかり、
たとえからだを、さかれても
きつねの生徒はうそいうな。」

キックキックトントン、キックキックトントン。

「ひるはカンカン日のひかり
よるはツンツン月あかり
たとえこごえて倒れても
きつねの生徒はぬすまない。」

キックキックトントン、キックキックトントン。

「ひるはカンカン日のひかり
よるはツンツン月あかり
たとえからだはちぎれても
きつねの生徒はそねまない。」*
キックキックトントン、キックキックトントン。
四郎もかん子もあんまりうれしくて涙がこぼれました。
笛がピーとなりました。
『わなを軽べつすべからず』と大きな字がうつりそれが消えて絵がうつりました。きつねのこん兵衛がわなに左足をとられた景色です。
「きつねこんこんきつねの子、去年きつねのこん兵衛が
左の足をわなに入れ、こんこんばたばた
こんこんこん。」
とみんなが歌いました。
四郎がそっとかん子にいいました。

「ぼくの作った歌だねい。」

絵が消えて『火を軽べつすべからず』という字があらわれました。それも消えて絵がうつりました。きつねのこん助が焼いたお魚を取ろうとしてしっぽに火がついたところです。

きつねの生徒がみな叫びました。

「きつねこんこんきつねの子。去年きつねのこん助が
焼いた魚を取ろとしておしりに火がつき
きゃんきゃんきゃん。」

笛がピーと鳴り幕は明るくなって紺三郎がまた出てきていいました。

「みなさん。今晩の幻燈はこれでおしまいです。今夜みなさんは深く心に留めなければならないことがあります。それはきつねのこしらえたものをかしこいすこしも酔わない人間のお子さんが食べてくだすったということです。そこでみなさんはこれからも、おとなになってもうそをつかず人をそねまず私どもきつねの今までの悪い評判をすっかり無くしてしまうだろうと思います。閉会の

＊そねむ…うらみねたむこと。

辞です。」

きつねの生徒はみんな感動して両手をあげたりワーッと立ちあがりました。

そしてキラキラ涙をこぼしたのです。

紺三郎がふたりの前にきて、ていねいにおじぎをしていいました。

「それでは。さようなら。今夜のご恩は決してわすれません。」

二人もおじぎをしてうちのほうへ帰りました。きつねの生徒たちが追いかけてきて二人のふところやかくし*にどんぐりだの栗だの青びかりの石だのを入れて、

「そら、あげますよ。」

「そら、取ってください。」

なんていって、風のようににげ帰って行きます。

紺三郎は笑って見ていました。

二人は森を出て野原を行きました。

その青白い雪の野原のまん中で三人の黒い影が向こうからくるのを見ました。


*ポケット。

それは迎（むか）えにきた兄（にい）さんたちでした。

いつか、大切なところ

［作］魚住直子　［絵］佐治みづき

タタン、タタン、タタン。

タタン、タタン、タタン。

電車は軽やかなリズムでゆれている。あと十分でとうちゃくだ。もうすぐ友達に会えると思うと、亮太はわくわくした。

四年生が終わった春休みに、亮太は父さんの転勤で引っこした。電車で二時間はなれた町だった。

引っこすことになったと初めて聞いた夜を、今でも覚えている。知らない所に住み、知らない学校に行くなんて、考えただけでどきどきした。三年、四年と同じクラスになった一平や駿と、とても気が合っている。仲のよい友達と別れるのはぜったいにいやだ。ショックでねむれず、常夜灯のたよりない光を見つめ続けた。

終業式の日は雲一つなく、よく晴れていた。青空の下、亮太はなみだがあふれた。一平と駿もしきりに目をこすった。

それからひと月がたち、四月の終わりの休日に、一平と駿に会いに行くことにしたのだ。待ち合わせは前の小学校の校庭だ。

一人で電車に乗り、前の町に行く。いや、「行く」じゃなくて、「帰る」だ。亮太にとっての自分の町は、今でも前の小学校がある町だ。そして、それはこれからも永遠に変わらないと決めている。自分の学校に帰れるんだ。そう思うだけでむねがはずんだ。

まどの外がまぶしい。亮太は景色をながめながら、電車のリズムに体をゆらしていた。

校庭に入った亮太は、びっくりして思わず立ち止まった。

だれもいない校庭に、一平と駿だけが待っていると思っていたのに、たくさん人がいる。ジャングルジムに上ったり、走り回ったり、縄とびをしたり。低学年の子が多いが、まるで休み時間のようだ。

ずっと前に、校庭を開放している休日に来た時は、がらんとしていた。今日は天気がいいからだろうか。

鉄棒の近くに駿がいる。だれかといっしょだ。でも一平じゃない。あれはたしか、四年の時、となりのクラスだった森田君だ。

「駿。」

亮太がよぶと、すぐに気がついた。

「おおっ。」

駿が笑顔で走ってくる。

それと同時に、後ろから「亮太。」と声がした。ふり向くと一平だ。校門から走ってくる。

一平と駿が、前と後ろからやってくる。二人にはさまれ、亮太はうれしくてむねがいっぱいになった。

「元気だった？　学校はどう？」

「もう慣れた？　友達はできた？」

二人が次々にたずねる。

「ちょっとは慣れたかな。クラスは一つ多くて、四クラスあるんだ。友達も、まあまあできたよ。」

「よかったね。」

駿がほっとしたように笑った。一平もうなずく。

「それで一平と駿はどう？　クラスは別になったんだよね。」

「そうなんだ。一組と三組に別れたんだよ。」

一平が答えた。

いつのまにか、森田君もそばに来て、話を聞いている。

亮太は、森田君をちらっと見た。なんだかむねにすき間風が入ってきたような変な感じだ。

四人でかくれおにをすることになった。亮太はにげる側になり、走りだす。

水飲み場の青いタイル。ペンキが少しはげたサッカーゴール。大きなタブの木。変わっていないものを見るたびに、亮太はほっとした。

そのあと、一平の家に行った。森田君も、またいっしょだ。

一平の家では、おもちゃのラケットとテーブルを使って、たっきゅうをして遊んだ。亮太はたっきゅうが大好きだから、前と同じようにはりきった。

お昼ご飯をごちそうになっている時、

「あ、そういえば。」

一平が思い出したように言った。

「あの白い子が、学校のうらの家にすんでるって、知ってる？」

「急に消えた子？」

駿がきいた。

なんの話だろう。亮太は、一平と駿の顔を見た。

「ちょっと前に生まれたんだって。その中の一ぴきらしいよ。」

「ほかのも白いのかな。」

「ブチもいるんだって。」

亮太がわからない顔をしていることに気がついたのは、森田君だった。

「ねこの話だよ。」

先週、学校の中庭に、とつぜん子ねこが一ぴき現れた。首輪をしていない真っ白な子ねこで、休み時間になるたび、みんな見に行った。家に連れて帰りたいという子も出てきたけど、四時間めが終わって見に行くと、消えていたという。

「だれだよ、ゆうれいねこだって言ったのは。」

一平の言葉に、駿と森田君が笑った。亮太もいっしょに笑いながら、むねの中で冷たい風がふいている気がした。

帰る時間になった。一平と駿と森田君が、げんかんで見送ってくれた。これから一平はスイミングに、駿は森田君の家に遊びに行くらしい。

「じゃあねえ。」

一平と駿が、笑いながら大きく手をふる。亮太も手をふり返したが、笑顔を作れなかった。

終業式の日も同じように見送られた。あの時は二人とも泣いていたけど、今は笑っている。

もう亮太が転校してしまったからだろうか。会おうと思えば、会えるからだろうか。

でも、亮太はあした、この学校には来られない。あしただけじゃない、あさっても、その次の日も、ずっとだ。

帰りの電車は、ぬれた服を着たように体が重かった。

タタン、タタン、タタン。電車の音も単調で、ちっともはずんでなどいない。しかも混んでいて、すわれなかった。

亮太はつりかわにつかまり、ぼんやりと外をながめた。

前の友達と学校は、何も変わらないと思っていた。前の町に行けば、引っこす前と変わらない状態にもどれると、勝手に思いこんでいた。

だけど、そんなはずがない。向こうは向こうで、新しいことがどんどん起きているのだ。

……ひとりぼっちになったみたいだ。

なみだがこみあげてきそうなのをこらえ、まどに目をやると、くすんだ色の景色が流れている。

改札を出て、のろのろ歩き始めると、一台の自転車が亮太を追いこしていった。

と思うと、すぐ先で止まり、自転車に乗った女の子がこっちを見た。

「西村君だよね。」

亮太はびっくりして立ち止まった。

「……えっと、同じクラス？」

「ちがうよ。」

女の子は笑った。

「クラブがいっしょ。」

「あ、そうか。」

亮太は、新しい学校でたっき

ゆうクラブに入った。でも、活動はまだ一度だけだ。顔も全員は覚えていない。

「あと、家が近いの。西村君ちって郵便局の近くでしょ。うちもあの通り。」

全然、知らなかった。

「さっきまで、児童センターでたっきゅうしてたんだよ。」

「たっきゅう台があるんだ。」

「三つ。みんな、けっこう来てるよ。今度西村君も来たら。」

行きたい！　亮太はうれしくなった。今度行くよと言おうか。ありがとうと言ったほうがいいか。

女の子は亮太が返事をする前に、「じゃあね。」と、自転車をこぎだした。水色のパーカが風にひるがえり、どんどん小さくなっていく。

「亮太。」

ふり返ると、母さんだ。

「やっぱり、さっきの電車だったのね。お帰り。」

買い物をしてきたらしく、ふくろを両手にさげている。

「今、だれとしゃべってたの？」

「名前は知らない。」

母さんがびっくりした顔になる。

「えっ、知らない子としゃべってたの？」

「そうじゃなくて、同じ学校の人だよ。名前は知らないけど、そのうちわかる。」

言ってから、そのとおりだと思った
今、知らなくても、そのうちにわかる。ここで知っていることが、どんどんふえていくのだ。

ふと、今度の学校の教室が目にうかんだ。転校した初日、にげ出したいくらいどきどきした教室だ。

でも、いつのまにかそんな気持ちはなくなっている。わからないことは、みんなすぐに教えてくれるし、休み時間に遊ぶときもさそってくれる。放課後、同じクラスの子の家に遊びにも行った。それに転校生がめずらしくない学校だからか、あまり注目されずにすむのもありがたい。

あれっと、亮太は思った。そうか、今度の学校も悪くない。まだちょっときんちょうしているけど、そのうちに慣れるだろう。

「一つ、持つよ。」

母さんのふくろを取り、先に歩きだした。

前の学校も、前の町も、大好きだ。でも、いつか新しい学校を自分の学校だと思う日が来るかもしれない。いつかこの町を自分の町だと、迷わず言う日が来るかもしれない。

顔を上げると、まだ明るい大きな空が広がっている。その中を、一筋の飛行機雲が、まっすぐにのびていた。

おにぎり石の伝説

[作] 戸森しるこ　[絵] ノブカネユミ

始まりは、こんな一言だった。

「この石、何だかおにぎりみたい。」

だれが最初にそう言ったのかはわすれてしまったけれど、その一言がきっかけで、空前のおにぎり石ブームは始まった。

それは、すべすべした手ざわりの、小さな三角形の石で、確かにぼくの目にも、指先サイズの小さなおにぎりのように見えた。黒い油性マジックで、のりをかき足してみたくなる。

おにぎり石の出現は、ある日とつぜんだった。学校のうら庭に、じゃりがしかれている場所があり、そこにあるふつうの石たちにまぎれて、発見されるようになったのだ。簡単に見つかるわけではなくて、集中してさがして、せいぜい一日一個とか、とてもラッキーな感じのする、いいぐあいの確りつだった。

初めは、ぼくのクラス、五年二組の女子の間で、おにぎり石が人気になった。四つ葉のクローバーを見つけるような感覚だ。それでぼくたちも、そのうち何となくつられ始めた。

「すべすべしていて、ふつうの石とはちがう気がする。」

「こんな石が自然にできるなんて、不思議だよね。」

「見つけた人は、幸せになれるらしいよ。」

すると、おにぎり石にまつわる、みょうなうわさ話が聞こえてくるようになった。その昔、あるたんけん家が、なぞの「おにぎり島」から持ち帰った石なのだとか、この学校ができる前、ここには「おにぎりランド」とよばれるテーマパークがあったのだとか、きょうふの「おにぎり大魔王」ののろいの石なのだとか……。数々の「おにぎり石伝説」に、ぼくらはうっかりむねをおどらせた。

休み時間になると、みんなでおにぎり石さがしだ。放課後には、クラス内で複数の発くつチームが組まれた。気がつくと、担任の先生のつくえの上にまで、おにぎり石がかざられている。大人にまでえいきょうをあたえるおにぎり石はすごい。ぼくたちのおにぎり石熱は、ますますヒートアップしていく。

「聞いた？　青木が見つけたんだって。」

「いいよなあ。ぼくも同じ場所をさがしてたんだけどなあ。」

「見つけられない最後の一人にはなりたくないな。」

「それはみじめすぎるよな。」

おにぎり石そのもののみりょく以上に、おにぎり石を見つけられたとき、心からうらやましがられる感じが、ぼくたちの気持ちを高まらせていた。

見つけられたらクラスの人気者。そして、人生はバラ色だ。一刻も早くおにぎり石を見つけて、このゲームからぬけ出さなくちゃならない。そんなふうに、だんだんあせる気持ちが強くなっていく。

必死に石をさがしながらも、ぼくは少しだけもやもやしていた。いつのまにそんなバトルになってしまったんだろう。初めはこんなはずじゃなかったのに、

どうもおかしい。先生のつくえの上にあるおにぎり石を、ぼくは思わずじっとにらんだ。

そんなある日、じゅくで最近仲良くなった一成から、
「真のクラス、なんだかちょっと変じゃない？　うら庭に何かあるの？」
と聞かれた。一成はとなりのクラス、五年一組だ。ぼくはぎょっとしてしまった。

なぜかというと、おにぎり石さがしは、ぼくたちのクラス限定のブームでなくてはいけないからだ。もしもほかのクラスの連中までさがし始めてしまったら、見つけられる可能性は、うんと低くなってしまう。だから、ほかのクラスにはひみつという、暗もくのルールがあった。そこでぼくは平静をよそおって、別に何もないと答えた。
「だけど、クラス全員で、何かにとりつかれている感じがするぞ。」

実は今日の休み時間に、ぼくは初めておにぎり石を手に入れたところだった。すごくうれしかったし、かなりほっとした。それで、正直なところ、ぼくはお

にぎり石を自まんしたい気持ちでいっぱいだった。

一成は口が固そうだし、クールな男だから、おにぎり石ブームには、きょう味をしめさないだろう。それに、ほかのクラスのやつがおにぎり石を見たときに、いったいどういう反のうをするか、ちょっと気になった。この石は本当に、そんなに価値のあるものなのだろうか。それで、ぼくはおにぎり石をポケットから出して、一成に見せることにした。

「実は、みんなでこれをさがしているんだ。貴重なんだぞ。伝説のおにぎり石だ。」

石にまつわる伝説を三つほど語り終えたところで、一成がとつぜん、「ぷっ。」とふき出したから、ぼくはむっとした。

「何で笑うんだよ？」

「ごめん。とりあえず、明日の放課後、うちに来てもらってもいいかな。話はそれからだ。」

意味が分からない。

次の日、ぼくは初めて一成の家に行った。

「屋根が三角だ……。」

まるでおにぎり石のような、三角屋しき。そういえば、一成の名字は「三角」じゃないか。だから何だと言われてもこまるけど。

「いらっしゃい。庭へどうぞ。」

一成はそう言って、ぼくを庭に案内してくれた。

その光景を見たとき、ぼくがどう思ったか、言葉ではとても表現できそうにない。

「うわあ、何だこれ！」

ぼくがそこで目にしたものは、何千、何万の、おにぎり石の大群だった。おにぎり、おにぎり、おにぎり石だらけ。庭におにぎり石がしきつめられている。

「すげえ！　一成、さてはおまえがおにぎり大魔王だったんだな？」

一成はかたをすくめて言った。

「これは人工的に作られた石だよ。自然にできた物ではないし、もちろん、大魔王ののろいのわけもないし。」

　ぼくは絶句だ。まるで時間が止まってしまったみたいに、ぱかっと口を開けたまま、一成の顔を見ていた。

「でも、じゃあ、学校のおにぎり石は……？」

「知らないけど、例えばカラスかなんかが、ここから持っていくんじゃないか？　いたずらか、ちょっとした思いつきでさ。どっちにしても、深い意味なんかないよ。」

　ぼくの頭の中で、まぬけな声のカラ

スが鳴いた。

あまりのしょうげきで、しばらくの間立ちつくしていると、そんなぼくの顔をのぞきこみ、一成は心配そうに言った。

「言わないほうがよかった？　二組の夢がこわれたかなあ。」

ぼくはあわてて首を横にふった。確かに夢から覚めた気分だったけど、そのおかげで、ぼくはあることを思いついたのだった。

「ちょっとお願いがあるんだけど。」

次の日の放課後、五年二組のみんなは、おにぎり石さがしを中だんし、一成の家に集まった。おにぎり石だらけの庭を見ると、みんな、あっけにとられてとまどいながら、それでもやっぱりよろこんでいた。

「おにぎり石パラダイスだ！」

「最高すぎる！」

「一つもらってもいい？」

「じゃあぼくは二つ。」

「ぼくは三つ！」

だけどぼくは、タイミングを見計らって、わざと水を差すようなことを言った。

「でもさ、こんなにたくさんあると思うと、なんだか価値が下がるような気がしないか？」

ちょっとどきどきした。空気を読めないやつだって、言われてしまうかもしれない。だから、そう言われる前に、ぼくは一成に目くばせした。一成はうなずいて、

「おいおい、勝手にやってきて、失礼なやつだなあ。」

と、計画どおりに、おどけてせりふを言った。

「確かに、こんな石のどこがいいんだろうって、ぼくは思っちゃうけどね。」

一成の冷静な一言を聞いて、みんなはそれぞれ顔を見合わせた。

すると、様子をうかがうような、いっしゅんの間の後で、だれかが言ったんだ。

「真の気持ち、分かるよ。めったに見つけられないってところが、よかったんだよな。」

そうしたら不思議なことに、みんなも口々に同じことを言い始めた。いっせいに色が変わるみたいに、気持ちが伝染していった。すごいいきおいだった。最終的に、

「ああ、がっかりだよ。」

なんて言い合って、かたを落としながら、みんなでえがおになったんだ。おにぎり石の庭で、ぼくたちはそろってくすくす笑っていた。こんなのって久しぶりだった。

「一つずつなら、持って帰ってもいいよ。」

一成は言ったけど、おどろいたことに、持ち帰ろうとするやつは、もう一人もいなかった。むしろ、今までに見つけたおにぎり石を、一成の庭に「返きゃく」するやつが出てきた。

おにぎり石のせいで、クラス内でびみょうな上下関係ができ始めていること

に、きっとみんなも気がついていたんだと思う。このゲームを終わらせるには、何か強力なパワーかアイテムが必要だったんだ。

新たな気持ちになって見てみると、おにぎり石は、やっぱりとてもきれいで、すごくユニークな石だった。

みんなが帰った後、ぼくは一成にお礼を言った。

「ありがとう。確かにぼくたち、何かにとりつかれていたのかもしれない。」

これで、ぼくたちのおにぎり石伝説は終了、一件落着ってわけだ。

えがおで片手をあげた一成の手を

パンとたたいて、ぼくはそう思った。

おじいさんのランプ

［作］新美南吉
［絵］高橋和枝

かくれんぼで、倉のすみにもぐりこんだ東一くんがランプを持ってでてきた。

それはめずらしいかたちのランプであった。八十センチぐらいの太い竹の筒が台になっていて、その上にちょっぴり火のともる部分がくっついている、そして*ほやは、細いガラスの筒であった。はじめて見るものにはランプとは思えないほどだった。

そこでみんなは、むかしの鉄砲とまち

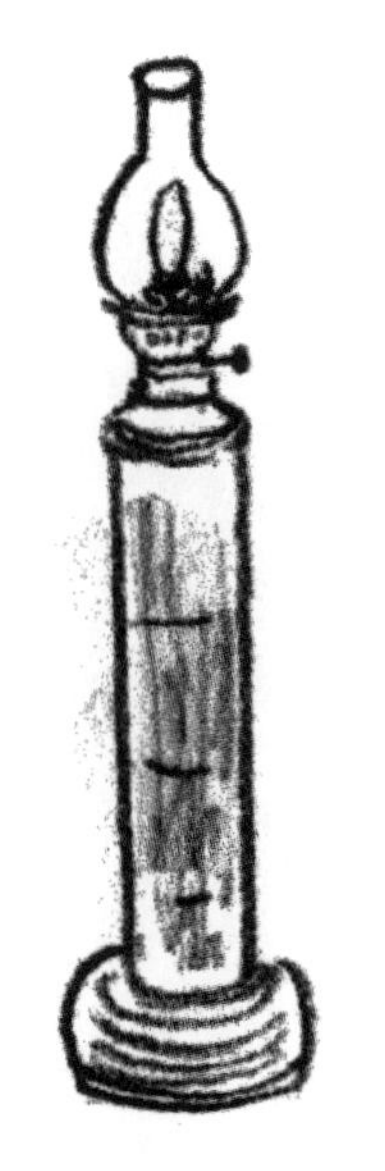

がえてしまった。

「なんだア、鉄砲かア。」と鬼の宗八くんはいった。

東一くんのおじいさんも、しばらくそれがなんだかわからなかった。眼鏡ごしにじっと見ていてから、はじめてわかったのである。ランプであることがわかると、東一くんのおじいさんはこういって子どもたちをしかりはじめた。

「こらこら、おまえたちは何を持ちだすか。まことに子どもというものは、だまって遊ばせておけば何を持ちだすやらわけのわからん、油断もすきもない、ぬすっとねこのようなものだ。

こらこら、それはここへ持ってきて、おまえたちは外へ行って遊んでこい。外にいけば、電信柱でも何でも遊ぶものはいくらでもあるに。」

こうしてしかられると子どもははじめて、自分がよくない行いをしたことがわかるのである。そこで、ランプを持ちだした東一くんはもちろんのこと、何も持ちださなかった近所の子どもたちも、自分たちみんなで悪いことをしたよ

＊ランプなどの火をおおうガラス製の筒。

うな顔をして、すごすごと外の道へ出ていった。

外には、春の昼の風が、ときおり道のほこりをふきたててすぎ、のろのろと牛車がとおったあとを、白いちょうがいそがしそうに通ってゆくこともあった。なるほど電信柱があっちこっちに立っている。しかし子どもたちは電信柱なんかで遊びはしなかった。大人が、こうして遊べといったことを、いわれたままに遊ぶというのは何となくばかげているように子どもには思えるのである。

そこで子どもたちは、ポケットのなかのラムネ玉をカチカチいわせながら、広場のほうへとんでいった。そしてまもなく自分たちの遊びで、さっきのランプのことはわすれてしまった。

日ぐれに東一くんは家へ帰ってきた。おくの居間のすみに、あのランプがおいてあった。しかし、ランプのことをなにかいうと、またおじいさんにがみがみいわれるかもしれないので、だまっていた。

夕ご飯のあとのたいくつな時間がきた。東一くんはたんすにもたれて、ひきだしのかんをカタンカタンといわせていたり、店に出てひげを生やした農学校の先生が『大根栽培の理論と実際』というような、むつかしい名前の本を番頭に注文するところを、じっと見ていたりした。

そういうことにもあくと、またおくの居間にもどってきて、おじいさんがいないのを見すまして、ランプのそばへにじりより、そのほやをはずしてみたり、*1五銭白銅貨ほどのねじをまわして、ランプのしんをだしたりひっこめたりしていた。

すこしいっしょうけんめいになっていじくっていると、またおじいさんに見つかってしまった。けれどこんどはおじいさんはしからなかった。ねえやにお茶をいいつけておいて、すっぽんときせ*2る筒をぬきながら、こういった。

「東坊、このランプはな、おじいさんにはとてもなつかしいものだ。長いあいだわすれておったが、きょう東坊が倉のすみから持ちだしてきたので、また昔のことを思いだしたよ。こうおじいさんみたいに年をとると、ランプでも何でも昔のものにであうのがとてもうれしいもんだ。」

東一くんはぽかんとしておじいさんの顔を見ていた。おじいさんはがみがみ

*1　一銭は一円の百分の一の通貨単位。　*2　きざみたばこをすうための道具。

としかりつけたから、おこっていたのかと思ったら、昔のランプにあうことができてよろこんでいたのである。

「ひとつ昔の話をしてやるから、ここへ来てすわれ。」

とおじいさんがいった。

東一くんは話が好きだから、いわれるままにおじいさんの前へいってすわったが、なんだかお説教をされるときのようで、いごこちがよくないので、いつもうちで話をきくときにとる姿勢をとってきくことにした。つまり、ねそべって両足をうしろへ立てて、ときどき足のうらをうちあわせる芸当をしたのである。

おじいさんの話というのは次のようであった。

いまから五十年ぐらいまえ、ちょうど日露戦争のじぶんのことである。岩滑新田の村に巳之助という十三の少年がいた。

巳之助は、父母も兄弟もなく、親戚のものとて一人もない、まったくのみなしごであった。そこで巳之助は、よその家の走り使いをしたり、女の子のように子守をしたり、米をついてあげたり、そのほか、巳之助のような少年にできることならなんでもして、村においてもらっていた。

けれども巳之助は、こうして村の人々のお世話で生きてゆくことは、ほんとうをいえばいやであった。子守をしたり、米をついたりして一生を送るとするなら、男とうまれたかいがないと、つねづね思っていた。

男子は身を立てねばならない。しかしどうして身を立てるか。巳之助は毎日、ごはんを食べてゆくのがやっとのことであった。本一さつ買うお金もなかったし、またたといお金があって本を買ったとしても、読むひまがなかった。

身を立てるのによいきっかけがないものかと、巳之助は心ひそかに待っていた。

するとある夏の日の昼さがり、巳之助は人力車の先綱をたのまれた。

そのころ岩滑新田には、いつも二三人の人力ひきがいた。潮湯治（海水浴のこと）に名古屋から来る客は、たいてい汽車で半田まで来て、半田から知多半島西海岸の大野や新舞子まで人力車でゆられていったもので、岩滑新田はちょうどその道すじにあたっていたからである。

人力車は人がひくのだからあまり速くは走らない。それに、岩滑新田と大野のあいだにはとうげが一つあるから、よけい時間がかかる。おまけにそのころの人力車の輪は、ガラガラと鳴る重い鉄輪だったのである。そこで、いそぎの客は、賃銀を倍だして、ふたりの人力ひきにひいてもらうのであった。巳之助に先綱ひきをたのんだのも、いそぎの避暑客であった。

巳之助は人力車のながえにつながれた綱をかたにかついで、夏の入り陽のじりじりてりつける道を、えいやえいやと走った。なれないこととてたいそう苦しかった。しかし巳之助は苦しさなど気にしなかった。好奇心でいっぱいだった。なぜなら巳之助は、ものごころがついてから、村を一歩も出たことがなく、とうげの向こうにどんな町があり、どんな人々が住んでいるか知らなかったからである。

日が暮れて青い夕やみのなかを人々がほの白くあちこちするころ、人力車は大野の町にはいった。

巳之助はその町でいろいろなものをはじめて見た。軒をならべて続いている大きい商店が、だいいち、巳之助にはめずらしかった。巳之助の村にはあきない屋とては一軒しかなかった。駄菓子、わらじ、糸くりの道具、こう薬、貝がらにはいった目薬、そのほか村でつかうたいていのものを売っている小さな店が一軒きりしかなかったのである。

しかし巳之助をいちばんおどろかしたのは、その大きな商店が、一つ一つともしている、花のように明るいガラスのランプであった。巳之助の村では夜はあかりなしの家が多かった。まっ暗な家のなかを、人々はめくらのように手でさぐりながら、水がめや、石うすや大黒柱をさぐりあてるのであった。すこしぜいたくな家では、おかみさんが嫁入りのとき持ってきた行燈を使うのであった。行燈は紙を四方にはりめぐらしたなかに、油のはいった皿があって、その皿のふちにのぞいている燈心に、さくらのつぼみぐらいの小さいほのおがともると、まわりの紙にみかん色のあたたかな光がさし、付近はすこし明るくなったのである。しかしどんな行燈にしろ、巳之助が大野の町で見たランプの明るさにはとてもおよばなかった。

それにランプは、そのころとしてはまだめずらしいガラスでできていた。すすけたり、やぶれたりしやすい紙でできている行燈より、これだけでも巳之助にはいいもののように思われた。

このランプのために、大野の町ぜんたいが竜宮城かなにかのように明るく感じられた。もう巳之助は自分の村へ帰りたくないとさえ思った。人間はだれでも明るいところから暗いところへ帰るのを好まないのである。

巳之助は駄賃の十五銭をもらうと、人力車ともわかれてしまって、お酒にでもよったように、波の音のたえまないこの海辺の町を、めずらしい商店をのぞき、美しく明るいランプに見とれて、さまよっていた。

呉服屋では、番頭さんが、つばきの花を大きくそめだした反物を、ランプの光の下にひろげて客に見せていた。穀屋では、小僧さんがランプの下であずきのわるいのを一つぶずつひろいだしていた。またある家では女の子が、ランプの光の下に白くひかる貝がらを散らしておはじきをしていた。またある店ではこまかいたまに糸を通して数珠をつくっていた。ランプの青やかな光のもとでは、人々のこうした生活も、物語か幻燈の世界でのように美しくなつかしく見えた。

巳之助はいままでなんども、「*文明開化で世の中がひらけた。」ということをきいていたが、いまはじめて文明開化ということがわかったような気がした。

歩いているうちに、巳之助は、さまざまなランプをたくさんつるしてある店のまえに来た。これはランプを売っている店にちがいない。

巳之助はしばらくその店のまえで十五銭をにぎりしめながらためらっていたが、やがて決心してつかつかとはいっていった。

「ああいうものを売っとくれや。」

と巳之助はランプを指さしていった。まだランプという言葉を知らなかったのである。

店のひとは、巳之助が指さした大きいつりランプをはずしてきたが、それは十五銭では買えなかった。

*明治時代前期の政府の近代化政策。

「負けとくれや。」

と巳之助はいった。

「そうは、負からん。」

と店の人はこたえた。

「おろし値で売っとくれや。」

巳之助は村の雑貨屋へ、作ったわらじを買ってもらいによく行ったので、ものにはおろし値と小売り値があって、おろし値は安いということを知っていた。たとえば、村の雑貨屋は、巳之助の作ったひょうたん型のわらじをおろし値の一銭五*厘で買いとって、人力ひきたちに小売り値の二銭五厘で売っていたのである。

ランプ屋の主人は、見も知らぬどこかの小僧がそんなことをいったので、びっくりしてまじまじと巳之助の顔を見た。そしていった。

「おろし値で売れって、そりゃ相手がランプを売る家ならおろし値で売ってあげてもいいが、一人一人のお客におろし値で売るわけにはいかんな。」

「ランプ屋ならおろし値で売ってくれるだのイ？」

「ああ。」

「そんなら、おれ、ランプ屋だ。おろし値で売ってくれ。」

店のひとはランプを持ったまま笑いだした。

「おめえがランプ屋？　はッはッはッはッ。」

「ほんとうだよ、おッつあん。おれ、ほんとうにこれからランプ屋になるんだ。な、だからたのむに、きょうは一つだけンどおろし値で売ってくれや。こんど来るときゃ、たくさん、いっぺんに買うで。」

店の人ははじめ笑っていたが、巳之助のしんけんなようすに動かされて、いろいろ巳之助の身の上をきいたうえ、

「よし、そんならおろし値でこいつを売ってやろう。ほんとはおろし値でもこのランプは十五銭じゃ売れないけど、おめえの熱心なのに感心した。負けてやろう。そのかわりしっかりしょうばいをやれよ。うちのランプをどんどん持ってって売ってくれ。」

＊一厘は一円の千分の一の貨幣単位。

といって、ランプを巳之助にわたした。

巳之助はランプのあつかいかたを一通り教えてもらい、ついでにちょうちんがわりにそのランプをともして、村へむかった。

やぶや松林のうちつづく暗いとうげ道でも、巳之助はもうこわくはなかった。花のように明るいランプをさげていたからである。

巳之助の胸のなかにも、もう一つのランプがともっていた。文明開化におくれた自分の暗い村に、このすばらしい文明の利器を売りこんで、村人たちの生活を明るくしてやろうという希望のランプが――

巳之助の新しいしょうばいは、はじめのうちまるではやらなかった。百姓たちはなんでもあたらしいものを信用しないからである。

そこで巳之助はいろいろ考えたあげく、村で一軒きりのあきない屋へそのランプを持っていって、ただで貸してあげるからしばらくこれを使ってくださいとたのんだ。

雑貨屋のばあさんは、しぶしぶしょうちして、店のてんじょうに釘を打ってランプをつるし、その晩からともした。

五日ほどたって、巳之助がわらじを買ってもらいにいくと、雑貨屋のばあさんはにこにこしながら、こりゃたいへん便利で明るうて、夜でもお客がようきてくれるし、つり銭をまちがえることもないので、気にいったから買いましょう、といった。そのうえ、ランプの良いことがはじめてわかった村人から、もう三つも注文のあったことを巳之助にきかしてくれた。巳之助はとびたつようによろこんだ。

そこで雑貨屋のばあさんからランプの代とわらじの代をうけとると、すぐその足で、走るようにして大野へいった。そしてランプ屋の主人にわけを話して、たりないところは貸してもらい、三つのランプを買ってきて、注文した人に売った。

これから巳之助のしょうばいははやってきた。

はじめは注文をうけただけ大野へ買いにいっていたが、すこし金がたまると、注文はなくてもたくさん買いこんできた。

そしていまはもう、よその家の走り使いや子守をすることはやめて、ただランプを売るしょうばいだけにうちこんだ。ものほし台のようなわくのついた車をしたてて、それにランプやほやなどをいっぱいつるし、ガラスのふれあうすずしい音をさせながら、巳之助は自分の村や付近の村々へ売りにいった。

巳之助はお金ももうかったが、それとはべつに、このしょうばいが楽しかった。いままで暗かった家に、だんだん巳之助の売ったランプがともってゆくのである。暗い家に、巳之助は文明開化の明るい火を一つ一つともしてゆくような気がした。

巳之助はもう青年になっていた。それまでは自分の家とてはなく、区長さんのところの軒のかたむいた納屋に住ませてもらっていたのだが、小金がたまったので、自分の家もつくった。すると世話してくれる人があったのでおよめさんももらった。

あるとき、よその村でランプの宣伝をしておって、「ランプの下ならたたみの上に新聞をおいて読むことができるのイ。」と区長さんに以前きいていたことをいうと、お客さんの一人が「ほんとかン？」とききかえしたので、うそのきらいな巳之助は、自分でためしてみる気になり、区長さんのところから古新聞をもらってきて、ランプの下にひろげた。

やはり区長さんのいわれたことはほんとうであった。新聞のこまかい字がランプの光で一つ一つはっきり見えた。「わしはうそをいってしょうばいをしたことにはならない。」と巳之助はひとりごとをいった。しかし巳之助は、字がランプの光ではっきり見えてもなんにもならなかった。字を読むことができなかったからである。

「ランプでものはよく見えるようになったが、字が読めないじゃ、まだほんとうの文明開化じゃねえ。」

そういって巳之助は、それから毎晩区長さんのところへ字を教えてもらいにいった。

熱心だったので一年もすると、巳之助は尋常科*を卒業した村人のだれにも負けないくらい読めるようになった。

*現在の初等教育（小学校）のこと。

そして巳之助は書物を読むことをおぼえた。

巳之助はもう、男ざかりのおとなであった。家には子どもが二人あった。「自分もこれでどうやらひとり立ちができたわけだ。まだ身を立てるというところまではいっていないけれども。」と、ときどき思ってみて、そのつど心に満足を覚えるのであった。

さてある日、巳之助がランプのしんを仕入れに大野の町へやってくると、五六人の人夫が道のはたに穴をほり、太い長い柱を立てているのを見た。その柱の上のほうには腕のような木が二本ついていて、その腕木には白い瀬戸物のだるまさんのようなものがいくつかのっていた。こんなきみょうなものを道のわきに立ててなんにするのだろう、と思いながら少し先にゆくと、また道ばたに同じような高い柱が立っていて、それにはすずめが腕木にとまって鳴いていた。

このきみょうな高い柱は五十メートルぐらいあいだをおいては、道のわきに立っていた。

巳之助はついに、ひなたでうどんをほしているひとにきいてみた。すると、うどん屋は「電気とやらいうもんがこんどひけるだげな。そいでもう、ランプはいらんようになるだげな。」とこたえた。

巳之助にはよくのみこめなかった。電気のことなどまるで知らなかったからだ。ランプのかわりになるものらしいのだが、そうとすれば、電気というものはあかりにちがいあるまい。あかりなら、家のなかにともせばいいわけで、なにもあんなとてつもない柱を道の＊くろに何本もおっ立てることはないじゃないかと、巳之助は思ったのである。

それから一月ほどたって、巳之助がまた大野へいくと、このあいだ立てられた道のはたの太い柱には、黒い綱のようなものが数本わたされてあった。黒い綱は、柱の腕木にのっているだるまさんの頭を一まきして次の柱へわたされ、そこでまただるまさんの頭を一まきして次の柱にわたされ、こうしてどこまでもつづいていた。

注意してよく見ると、ところどころの柱から黒い綱が二本ずつだるまさんの

＊土をもりあげた田畑の境目の部分。

頭のところでわかれて、家の軒端につながれているのであった。

「へへえ、電気とやらいうもんはあかりがともるもんかと思ったら、これはまるで綱じゃねえか。すずめやつばめのええ休み場というもんよ。」

と巳之助が一人であざわらいながら、知り合いの甘酒屋にはいってゆくと、いつも*土間のまんなかの飯台の上につるしてあった大きなランプが、よこのかべのあたりにとりかたづけられて、あとにはそのランプをずっと小さくしたような、石油入れのついていない、へんなかっこうのランプが、じょうぶそうな綱でてんじょうからぶらさげられてあった。

「なんだやい、変なものをつるしたじゃねえか。あのランプはどこか悪くでもなったかやい。」

と巳之助はきいた。すると甘酒屋が、

「ありゃ、こんどひけた電気というもんだ。火事の心配がのうて、明るうて、マッチはいらぬし、なかなか便利なもんだ。」

とこたえた。

「ヘッ、へんてこれんなものをぶらさげたもんよ。これじゃ甘酒屋の店もなんだかまがぬけてしまった。客もへるだろうよ。」

甘酒屋は、あいてがランプ売りであることに気がついたので、電燈の便利なことはもういわなかった。

「なア、甘酒屋のとッつあん。見なよ、あのてんじょうのとこを。長年のランプのすすであそこだけまっ黒になっとるに。ランプはもうあそこにいついてしまったんだ。いまになって電気たらいう便利なもんができたからとて、あそこからはずされて、あんなかべのすみっこにひっかけられるのは、ランプがかわいそうよ。」

こんなふうに巳之助はランプのかたをもって、電燈のよいことはみとめなかった。

ところでまもなく晩になって、だれもマッチ一本すらなかったのに、とつぜん甘酒屋の店が真昼のように明るくなったので、巳之助はびっくりした。あまり明るいので、巳之助は思わずうしろをふりむいてみたほどだった。

＊家の中で床をはらないで、地面のままになったところ。

「巳之さん、これが電気だよ。」

巳之助は歯をくいしばって、長いあいだ電燈を見つめていた。かたきでもにらんでいるような顔つきであった。あまり見つめていて眼のたまがいたくなったほどだった。

「巳之さん、そういっちゃなんだが、とてもランプでたちうちはできないよ。ちょっと外へ首をだして町通りを見てごらんよ。」

巳之助はむっつりと入り口の障子をあけて、通りをながめた。どこの家どこの店にも、甘酒屋のとおなじように明るい電燈がともっていた。光は家のなかにあまって、道の上にまでこぼれでていた。ランプを見なれていた巳之助にはまぶしすぎるほどのあかりだった。巳之助は、くやしさにかたでいきをしながら、これも長いあいだながめていた。

ランプの、てごわいかたきがでてきたわい、と思った。以前には文明開化ということをよくいっていた巳之助だったけれど、電燈がランプよりいちだんすすんだ文明開化の利器であるということはわからなかった。りこうな人でも、自分が職をうしなうかどうかというようなときには、ものごとの判断が正しくつかなくなることがあるものだ。

その日から巳之助は、電燈が自分の村にもひかれるようになることを、心ひそかにおそれていた。電燈がともるようになれば、村人たちはみんなランプを、あの甘酒屋のしたようにかべのすみにつるすか、倉の二階にでもしまいこんでしまうだろう。ランプ屋のしょうばいはいらなくなるだろう。

だが、ランプでさえ村へはいってくるにはかなりめんどうだったから、電燈となっては村人たちはこわがって、なかなかよせつけることではあるまい、と巳之助は、いっぽうでは安心もしていた。

しかしまもなく、「こんどの村会で、村に電燈をひくかどうかを決めるだげな。」といううわさをきいたときには、巳之助は脳天に一撃をくらったような気がした。強敵いよいよござんなれ、と思った。

そこで巳之助はだまってはいられなかった。村の人々のあいだに、電燈反対の意見をまくしたてた。

「電気というものは、長い線で山のおくからひっぱってくるもんだでのイ、その線をば夜中にきつねやたぬきがつたってきて、このきんぺんの田畑をあらすことはうけあいだね。」

こういうばかばかしいことを巳之助は、自分のなれたしょうばいをまもるためにいうのであった。それをいうとき何かうしろめたい気がしたけれども。

村会がすんで、いよいよ岩滑新田の村にも電燈をひくことに決まったときかされたときにも、巳之助は脳天に一撃をくらったような気がした。こうたびたび一撃をくらってはたまらない、頭がどうかなってしまう、と思った。

そのとおりであった。頭がどうかなってしまった。村会のあとで三日間、巳之助はひるまもふとんをひっかぶってねていた。そのあいだに頭の調子がくるってしまったのだ。

巳之助はだれかをうらみたくてたまらなかった。そこで村会で議長の役をした区長さんをうらむことにした。そして区長さんをうらまねばならぬわけをいろいろ考えた。*へいぜいは頭のよい人でも、しょうばいをうしなうかどうかというようなせとぎわでは、正しい判断をうしなうものである。とんでもないうらみをいだくようになるものである。

菜の花ばたの、あたたかい月夜であった。どこかの村で春祭りのしたくに打つ太鼓がとほとほときこえてきた。

巳之助は道を通ってゆかなかった。みぞのなかをいたちのように身をかがめて走ったり、やぶのなかをすて犬のようにかきわけたりしていった。他人に見られたくないとき、人はこうするものだ。

区長さんの家には長いあいだやっかいになっていたので、よくそのようすはわかっていた。火をつけるにいちばん都合のよいのはわら屋根の牛小屋であることは、もう家をでるときから考えていた。

母屋はもうひっそりねしずまっていた。牛小屋もしずかだった。しずかだといって、牛はねむっているかめざめているかわかったもんじゃない。牛はおきていてもねていてもしずかなものだから。もっとも牛が眼をさましていたって、火をつけるにはいっこうさしつかえないわけだけれども。

＊ふだん。

巳之助はマッチのかわりに、マッチがまだなかったじぶんつかわれていた火打の道具を持ってきた。家を出るとき、かまどのあたりでマッチをさがしたが、どうしたわけかなかなか見つからないので、手にあたったのをさいわい、火打の道具を持ってきたのだった。

巳之助は火打で火を切りはじめた。火花はとんだが、*ほくちがしめっているのか、ちっとも燃えあがらないのであった。巳之助は火打というものは、あまり便利なものではないと思った。火がでないくせにカチカチと大きな音ばかりして、これではねている人が眼をさましてしまうのである。

「ちぇッ」と巳之助は舌打ちしていった。「マッチを持ってくりゃよかった。こげな火打みてえな古くせえもなア、いざというときまにあわねえだなア。」

そういってしまって巳之助は、ふと自分のことばをききとがめた。

「古くせえもなア、いざというときまにあわねえ、……古くせえもなアまにあわねえ……」

ちょうど月がでて空が明るくなるように、巳之助の頭がこの言葉をきっかけにして明るく晴れてきた。

巳之助は、いまになって、自分のまちがっていたことがはっきりとわかった。

――ランプはもはや古い道具になったのである。電燈という新しいいっそう便利な道具の世の中になったのである。それだけ世の中がひらけたのである。文明開化が進んだのである。巳之助もまた日本のお国の人間なら、日本がこれだけすすんだことをよろこんでいいはずなのだ。古い自分のしょうばいがうしなわれるからとて、世の中の進むのにじゃましようとしたり、何のうらみもない人をうらんで火をつけようとしたのは、男として何という見苦しいざまであったことか。世の中が進んで、古いしょうばいがいらなくなれば、男らしく、すっぱりそのしょうばいはすてて、世の中のためになる新しいしょうばいにかわろうじゃないか。――

巳之助はすぐ家へとってかえした。

そしてそれからどうしたか。

ねているおかみさんを起こして、いま家にあるすべてのランプに石油をつが

＊火打の道具で発火させた火をうつしとるもの。

せた。

　おかみさんは、こんな夜ふけになにをするつもりか巳之助にきいたが、巳之助は自分がこれからしようとしていることをきかせれば、おかみさんがとめるに決まっているので、だまっていた。

　ランプは大小さまざまのがみなで五十ぐらいあった。それにみな石油をついだ。そしていつもあきないに出るときとおなじように、車にそれらのランプをつるして、外に出た。こんどはマッチをわすれずに持って。

　道が西のとうげにさしかかるあたりに、半田池という大きな池がある。春のことでいっぱいたたえた水が、月の下で銀盤のようにけぶりひかっていた。池の岸にははんの木ややなぎが、水のなかをのぞくようなかっこうで立っていた。

　巳之助は人気のないここを選んで来た。

　さて巳之助はどうするというのだろう。

　巳之助はランプに火をともした。一つともしては、それを池のふちの木の枝につるした。小さいのも大きいのも、とりまぜて、木にいっぱいつるした。一本の木でつるしきれないと、そのとなりの木につるした。こうしてとうとうみんなのランプを三本の木につるした。

風のない夜で、ランプは一つ一つがしずかにまじろがず、燃え、あたりは昼のように明るくなった。あかりをしたってよってきた魚が、水のなかにきらりきらりとナイフのようにひかった。

「わしの、しょうばいのやめかたはこれだ。」

と巳之助は一人でいった。しかしたちさりかねて、ながいあいだ両手をたれたままランプのすずなり[*1]になった木を見つめていた。

ランプ、ランプ、なつかしいランプ。ながの年月なじんできたランプ。

「わしの、しょうばいのやめかたはこれだ。」

それから巳之助は池のこちらがわの往還[*2]にきた。まだランプは、向こう側の岸の上にみなともっていた。五十いくつがみなともっていた。そして水の上にも五十いくつの、さかさまのランプがともっていた。立ちどまって巳之助は、そこでも長く見つめていた。

＊1 ふさ状に集まってぶらさがっていること。　＊2 行き来するための道。

ランプ、ランプ、なつかしいランプ。

やがて巳之助はかがんで、足もとから石ころを一つひろった。そして、いちばん大きくともっているランプにねらいをさだめて、力いっぱい投げた。パリーンと音がして、大きい火がひとつ消えた。

「おまえたちの時世はすぎた。世の中は進んだ。」

と巳之助はいった。そしてまた一つ石ころをひろった。二ばんめに大きかったランプが、パリーンと鳴ってきえた。

「世の中はすすんだ。電気の時世になった。」

三ばんめのランプをわったとき、巳之助はなぜかなみだがうかんできて、もうランプにねらいをさだめることができなかった。

こうして巳之助はいままでのしょうばいをやめた。それから町にでて、新しいしょうばいをはじめた。本屋になったのである。

× × ×

「巳之助さんはいまでもまだ本屋をしている。もっともいまじゃだいぶ年とったので、息子が店はやっているがね。」

と東一くんのおじいさんは話をむすんで、さめたお茶をすすった。巳之助さんというのは東一くんのおじいさんのことなので、東一くんはまじまじとおじいさんの顔を見た。いつのまにか東一くんはおじいさんのまえにすわりなおして、おじいさんのひざに手をおいたりしていたのである。

「そいじゃ、残りの四十七のランプはどうした?」

と東一くんはきいた。

「知らん。次の日、旅の人が見つけて持ってったかもしれない。」

「そいじゃ、家にはもう一つもランプなしになっちゃった?」

「うん、ひとつもなし。この台ランプだけがのこっていた。」

とおじいさんは、ひるま東一くんが持ちだしたランプを見ていった。

「損しちゃったね。四十七もだれかに持ってかれちゃって。」

と東一くんがいった。

「うん損しちゃった。いまから考えると、何もあんなことをせんでもよかったとわしも思う。岩滑新田に電燈がひけてからでも、まだ五十ぐらいのランプはけっこう売れたんだからな。岩滑新田の南にある深谷なんという小さい村じゃ、まだいまでもランプをつかっているし、ほかにも、ずいぶんおそくまでランプをつかっていた村は、あったのさ。しかし何しろわしもあのころは元気がよかったんでな。思いついたら、深くも考えず、ぱっぱっとやってしまったんだ。」

「ばかしちゃったね。」

と東一くんは孫だからえんりょなしにいった。

「うん、ばかしちゃった。しかしね、東坊――」

とおじいさんは、きせるをひざの上でぎゅッとにぎりしめていった。

「わしのやりかたは少しばかだったが、わしのしょうばいのやめかたは、自分でいうのもなんだが、なかなかりっぱだったと思うよ。わしのいいたいのはこうさ、日本がすすんで、自分の古いしょうばいがお役にたたなくなったら、すっぱりそいつをすてるのだ。いつまでもきたなく古いしょうばいにかじりついていたり、自分のしょうばいがはやっていた昔のほうがよかったといったり、世の中のすすんだことをうらんだり、そんな意気地のねえことはけっしてしないということだ。」

東一くんはだまって、長いあいだおじいさんの、小さいけれど意気のあらわれた顔をながめていた。やがて、いった。

「おじいさんはえらかったんだねえ。」

そしてなつかしむように、かたわらの古いランプを見た。

絵物語古事記

国生み

［作］富安陽子
［絵］副島あすか

なになに、この国のはじまりのことをしりたいというのかな？　よしよし、話してあげよう。

でも、少々長い話になるぞ。なにしろその物語は、むかしむかし、大むかし、まだこの世の形がさだまらず、なんにもなかったところから、はじまるのだからな。

その、暗く、もやもやとした世界から、まず、天と地がわかれた。

すると、高天の原とよばれる天の世界に、一柱の神さまが生まれでたのだ。

名前はアメノミナカヌシ。まあ、天のまん中の神というような意味だな。

一柱の柱とは、神さまを数えるときのことばだ。人間なら一人、神さまなら一柱と数える。

つづいて生まれでたのは、タカミムスヒとカミムスヒ。生まれようとする、すべての命をつかさどる神さまたちだ。

しかし、アメノミナカヌシも、タカミムスヒ、カミムスヒたちも、それぞれが、一柱だけですっくと立ちあらわれると、だれにもすがたを見せることなく、かくれてしまわれた。

こうして、天に神さまがあらわれていたころ、地はどうなっていただろう？そのころ、大地はまだ、あぶらみたいにぶよぶよして、くらげみたいに海の中をふわふわただよっているだけだったんだ。

でも、どろぬまから葦の芽がはえだすように、そんな形もさだまらない大地から生まれた神さまたちがいる。ウマシアシカビヒコヂとアメノトコタチだ。ぐんぐんと天にむかってのびていく葦の芽のような力をもつ神々だったが、この二柱の神も、いつのまにか、すがたをかくしてしまった。

つぎにあらわれたのは、クニノトコタチとトヨクモノ。

この国が、いつまでもさかえること、そして、空にひろがる雲のように、大地がゆたかにひろがることをつかさどる、たいせつな神さまたちだ。この神々も、一柱ずつあらわれると、どこかにかくれてしまわれた。

このあとにあらわれた神さまたちは、みな、男神と女神の二柱が一組となってお生まれになり、すがたをかくすことはなかった。

まず、ウイヂニとスイヂニ。それから、ツノグイとイクグイ。そして、オオトノヂとオオトノベ。つぎは、オモダルとアヤカシコネ。

そして、最後に、男神のイザナキと女神のイザナミが生まれた。

すると、先にあらわれて、すがたをかくしていた神々が、イザナキとイザナミにおっしゃった。

「この、ただよっている大地を、しっかりかためて、国をつくりあげるのだ。」

そのときになってもまだ、大地はぶよぶよ、ふわふわして、ちっともかたまっていなかったからね。そのままでは、人間や動物がくらすことは、とてもできなかったんだ。

こうして、いちばん最後にあらわれたイザナキとイザナミが、国づくりをまかされることになった。

神々は、うまく国づくりができるように、この二柱の神さまに、ふしぎな矛をさずけた。それは、美しい玉かざりのついた〝天の沼矛〟という宝の矛だった。

イザナキとイザナミは、その矛をもって、天と地のあいだにかけられた橋の上に立った。ぶよぶよと大地のただよう海の中に、長い矛をさしいれ、コオロコオロとかきまぜる。

かざり玉がきらきらゆれる。海の水がうずをまく。

すると、ふしぎなことがおこった。もちあ

げた矛の先から、ぽたりぽたりとしたたった塩水が、みるみるかたまって、そこに小さな島が生まれたのだ。

その島の名は、オノゴロ島という。

イザナキとイザナミは、オノゴロ島がかたまると、そのできたての島におりていった。そして、そこにりっぱな柱をたて、大きな御殿をつくって、結婚式をあげることにした。

この世ではじめて、二柱の神さまがあげる結婚式だ。それは、こんなふうだった。

ふとい柱のまわりを、イザナキは左から、イザナミは右からまわって、出あったところで、たがいに声をかけあう。

「なんて、かわいい娘だろう。」

「まあ、なんてすてきなお方かしら。」

こうして、イザナキ、イザナミは、めでたく夫婦になったというわけだ。

イザナキと結婚したイザナミは、たくさんの子どもを生んだ。子どもといっても、神さまが生む子どもは、人間の生む子どもとは、ぜんぜんちがっている。

なんと、イザナミはね、この国の島々を、つぎつぎに生みおとしたんだよ。

まずはじめに生んだのが、淡路島、四国、隠岐の島、九州、壱岐の島、対馬、佐渡の島、本州の八つの島だ。

それからつづけて、小豆島などの六つの島を生んだ。

つまり、イザナミは、いま、わたしたちがくらすこの国を生んだ、お母さんということになる。イザナキは、お父さんだ。

国を生みおえると、イザナキ、イザナミの夫婦は、つぎに、国を守る神々を生みだしていった。

岩の神、土の神、家の神や屋根の神、戸口の神、海の神や川の神、風の神、野の神や山の神、谷間の神、食べものの神、そして火の神——。

この火の神の名は、カグツチという。カグツチを生んだとき、イザナミは、大やけどをおってしまった。

くるしみながらも、イザナミは、まだ、鉱山の神や土器の神や、田畑の水をつかさどる神々を生みつづけたが、やがて、とうとう、このやけどがもとで、なくなってしまったんだ。

　イザナミの死を、イザナキは、なげき悲しんだ。

「たったひとりの子と、たいせつな妻の命をひきかえにしなければならないとは。」

　そう言って、なげき悲しむイザナキのなみだからは、ナキサワメという神さまが生まれた。

　しかし、どれだけ泣いても、悲しんでも、イザナミはもどってこない。とうとうあきらめて、イザナキは、なくなったイザナミを出雲の国と伯耆の国とのさかいにある比婆の山にほうむった。

　それでも、イザナキの悲しみは増すばかりだった。とうとうイザナキは、こしにさげていた剣をぬくと、イザナミにやけどをおわせたカグツチの首を、すぱんと切りおとしてしまった。

　するとどうだろう。剣からしたたる血がとびちったかと思うと、そこからタケミカヅチという剣の神や、クラオカミという水の神など、八柱の神々がつぎつぎに生まれでたではないか。

そればかりではない。首を切りおとされたカグツチのしかばねの、頭や、むねや、はらや、両手からも、つぎつぎに八柱の神々が生まれでたんだ。

イザナキがカグツチを切ったこの剣の名をイツノオハバリという。

黄泉の国

カグツチを切りころしても、イザナキの心はおさまらなかった。それどころか、死んでしまった妻にあいたいという気もちは、強くなるばかりだ。

それで、とうとうイザナキは、死者のくらす黄泉の国まで、イザナミをたずねていくことにした。

黄泉の国は、ふかく、暗い地の底にある。しかし、このころにはまだ、生きているわたしたちの世界と黄泉の国のあいだには、道がつながっていたんだ。

だからイザナキは、その長く、暗い道をたどって、死者の国へとでかけていった。まっ暗な坂をくだって、黄泉の国にたどりついてみると、そこには大きな御殿がたっていた。

イザナキが、げんかんの戸をたたくと、入り口がわずかにひらいて、中から顔をのぞかせたのは、なんと、死んでしまったはずのイザナミだった。イザナキは、うれしくて、うれしくて、どきどきしながら、なつかしい妻に語りかけた。

「ああ、いとしい妻よ、むかえにきたぞ。わたしたちの国づくりは、まだ、終わっていないじゃないか。さあ、いっしょに帰って、また、国づくりをつづけよう。」

するとイザナミは、悲しそうにため息をついて、こう言った。

「ああ、いとしいあなた。もうすこし早く、きてくださればよかったのに……。」

じつは、イザナミは、黄泉の国の食べものを食べてしまっていたんだ。死者の国のものを食べたら、もうもとの世界にはもどれない。それが、黄泉の国のきまりだった。

　でも、イザナミだって、夫を恋しく思う気もちは、イザナキとおんなじだ。だから、イザナミは夫にこう言った。

「せっかくあなたが、はるばるむかえにきてくださったのですから、なんとか、いっしょに帰る方法がないものか、黄泉の国の神さまたちに相談してみましょう。しばらくまっていてください。

　でも、わたくしがもどるまで、けっして、御殿の中をのぞいてはいけませんよ。」

　そう言うと、イザナキを外にのこして、イザナミは、まっ暗な御殿の中にはいっていってしまった。

　イザナキは、まった。妻がもどってくるのをまってまって、まちつづけた。でも、イザナミは、なかなかもどってこなかった。

　いったい、どうしているのだろうと心配になったイザナキは、じぶんの頭の左がわにさしていた、大きなくしをぬきとると、そのくしの歯の一本をポキンとおりとった。

　そして、おったくしの歯に、こっそりと火をつけた。もえるくしの歯を小さなたいまつのようにかかげ、イザナキは、そうっと、そうっと、黄泉の御殿の中に足をふみいれた。

　けっしてのぞくな、と言われていた御殿の中を見たとたん、イザナキはおどろきのあまり、こしをぬかしそうになった。

　御殿の暗闇の中には、イザナミのしかばねがよこたわっていた。あの、美しく、いとしい妻のすがたはどこにもなく、そこには、くさり、くちはて、うじのわいたむくろが、ころがっていた。

　しかも、その体の上には、八体の雷神がうずくまって、ゴロゴロと雷の音をとどろかせているではないか。

　あまりのおそろしさに、イザナキは、火をともしたくしの歯をなげすて、にげだした。すると、暗闇のおくから声が聞こえてきた。それは、いかりにもえるイザナミの声だった。

「よくも、よくも、わたくしに、はじをかかせましたね！　けっして、見てはいけないと言ったのに！」

なにかが、闇のむこうからザワザワと、イザナキを追いかけてきた。

イザナキが走りながら、ちらりとふりかえってみると、おそろしい顔をした死者の国の女たちが、わらわらと追いかけてくるのが見えた。ヨモツシコメとよばれる、黄泉の国の使いたちだ。

イザナキは、黒いつる草の髪かざりを後ろになげつけた。

すると、そのとたん、髪かざりからつるが

のび、葉がしげり、おいしそうな山ぶどうがどっさりとみのった。

ヨモツシコメたちは、ぶどうのしげみにとびつき、むしゃむしゃとあまい実を食べている。

「いまだ!」と、イザナキは、ずんずんにげた。

しかし、ヨモツシコメたちは、あっというまに、ぶどうを食べつくしてしまった。

そしてまた、イザナキのあとを、ものすごい速さで追いかけてきた。

イザナキは、こんどは、頭の右がわにさしていたくしをぬきとった。そして、そのくしの歯をボキボキとおりとって、ヨモツシコメめがけてなげつけた。

すると、地面におちたくしの歯から、つぎつぎに、たけのこがはえだした。

ヨモツシコメたちは、ゆくてをふさぐたけのこの林の中に立ちどまり、むしゃむしゃ、もりもり、たけのこを食べはじめた。どうやらもう、イザナキを追いかけることなんて、わすれてしまったみたいだ。

イザナキがほっと息をついたとき、また、黄泉の国の闇の中から、なにかがせまってくるけはいがした。

ゴロゴロゴロと、ぶきみな音がひびく。

ザクザクザクと、足音が聞こえる。

それは、イザナミのしかばねにむらがっていた、あの八体の雷神たちだった。雷神たちが千五百もの黄泉の国の軍勢をひきつれ、イザナキを追いかけてきたんだ。

イザナキは、こしの剣をすらりとぬきはなった。その剣を後ろ手にふりながら、ひっしに走っていくと、やっと、黄泉の国のはずれの坂が見えてきた。黄泉比良坂とよばれる坂だ。あの坂をのぼれば、もとの世界に帰れるのだ。

しかし、追っ手たちはもう、すぐ後ろにせまっていた。

イザナキは、坂のふもとにはえる大きな桃の木のかげに身をかくした。そして、桃の実を三つもぎとると、息をひそめて、せまってくる追っ手をまちかまえた。

ザワザワザワザワと追っ手たちが坂の下におしよせてくる。

「えいっ！」

その追っ手めがけて、イザナキは桃の実を力いっぱいなげつけた。

すると、どうだろう。

黄泉の国の軍勢は、みんなたちまち、にげていってしまったんだ。

イザナキは、桃の実の力に感心して、こう言った。

「おまえに、オオカムヅミという神の名をあたえよう。いま、わたしをたすけたように、もし、人々がつらいめにあってくるしんでいたら、たすけてやっておくれ。」

やっと追っ手がいなくなり、イザナキは、黄泉比良坂をいそいでのぼりはじめた。

しかし、坂のとちゅうで死者の国をふりかえったイザナキは、はっと息をのんだ。自分を追いかけてくるイザナミのすがたが後ろにせまっていたからだ。

それを見たイザナキは、千人がかりでやっとうごくほどの巨大な岩を、黄泉比良坂のなかほどにひきすえて、黄泉の国への道をふさいでしまった。

イザナキ、イザナミの夫婦の神さまは、岩をはさんでむかいあった。

「いとしい、わたしの夫よ。あなたがこんなことをなさるのなら、わたしはこれから、あなたの国の人々を、一日に千人しめ殺しましょう。」と、イザナミが言った。

「いとしい、わが妻よ。それならわたしは、赤ちゃんの生まれる産屋を、この国に一日千五百ずつたてよう。」と、イザナキが言った。

このときから、この国では、一日に千人が死に、一日に千五百人が生まれるようになったというわけだ。

イザナミは、黄泉の国の大神、ヨモツオオカミになった。黄泉比良坂をふさいだ岩は、黄泉戸大神とよばれ、この黄泉比良坂は、出雲の国の伊賦夜坂という坂のことだと言われている。

かはたれ

［作］朽木祥　［絵］初見寧

序章　蝶トンボのくる沼

小さな沼のほとりに、こどもの河童がひとりぼっちですわっていた。

河童は、腕いっぱいに花束のように蒲と葦を抱え、背中にも葦の束をくくりつけて、頭には姫蒲で仕立てた冠をのせていた。風が吹くと、姫蒲の穂先が花かんざしみたいにゆれた。河童は、まるでお地蔵さんのように少しも動かないですわっていた。

この河童の名前を、八寸といった。浅沼の河童の最後の生き残りである。

辛抱強くすわりつづけていた八寸は、そうっと目を開けると、頭は動かさな

いまま上目づかいに空を見た。

蝶トンボの群れが青い翅を蝶のように優雅にゆらしながら、沼の上の高いところを飛んでいた。陽があたると、翅がしゃぼん玉のようにきらめくのが見えた。前翅の透きとおった先に、空の色を映しているものもいる。

きのうよりも数が増えたようだった。

八寸は口元をほころばせかけたが我慢して、またそうっと口も目も閉じた。びくとも動かず瞬きさえしないことが、むかし兄たちに教えてもらった、蝶トンボにたくさんとまってもらうコツなのだ。

夏の夕方の風が沼の上を渡った。すると、紗で織ったハンモックにゆられているかのように、蝶トンボの群れが右に左に漂いながら、ゆっくりと沼におりてきた。

一匹の蝶トンボが、群れの中から八寸の上に飛んできて、姫蒲の花かんざしの先にすっととまった。

と思うと、数え切れないほどの蝶トンボたちが後を追ってきた。近くで見ると、青い翅に、かすかに薔薇色が混じっていることがわかる。トンボたちは、ふりしきる花びらのように河童の冠に舞いおりた。

八寸がうれしさのあまり思わず目をぱちぱちさせると、額あたりの蝶トンボは優美な姿に似合わぬすばやさで飛びあがった。しかし、すぐにまた、冠の上で静かに翅を休めている群れのもとへ、そっとおりてくるのだった。

もし、だれかが遠くで見ていたら、新緑の葦の間に青い可憐な花しょうぶが群れ咲いていると思ったかもしれない。それとも、夏帽子をかぶった小さなひとが葦の陰に隠れていると見えただろうか。風が吹くと、蒲の先っぽにとまった蝶トンボの翅がリボンのようにゆれたから。

やがて、あたりにたそがれの柔らかい光が満ちてきた。トンボたちは、ひらひらと飛び立ちはじめた。いちばん最後の蝶トンボは、まるで八寸の頰をくすぐるみたいに、大きな後翅をひらめかせてから飛び去った。

八寸はゆっくり立ち上がって、トンボたちを長いこと見送った。群れが薄青と薔薇色のちぎれ雲のように沼の上を漂っていって、ふいに高みに飛びあがり、やがて松の梢の陰に消えてしまうまで。

姫蒲の冠をはずして葦や蒲の束の上にていねいに置くと、八寸は初めの蝶トンボがとまった穂先に細い指でさわってみた。

　冠は、あしたも使えそうだった。

もういちど名残惜しそうに空を見上げてから、八寸は身をひるがえして浅沼にすべりこんだ。

　浅沼はそれは小さい上に、ぐるりには背高の葦や蒲がびっしりと茂っていた。沼は深い翠色で、朽葉色に沈む日もあれば瑠璃色に光る日もあった。だが、蝶トンボのやってくる夏の盛りには、菱や浮き草が勢いよくひしめいて、わずかな水さえ見えなくなる。そして、蒲や姫蒲が盛大に綿毛を飛ばす秋ともなれば、あたり一面ふうわりと白くなって、沼のありかさえわからなくなってしまう。

知らぬ人は（知らぬ河童でも）、たやすく行き過ぎてしまうことだろう。まして、沼がいったい何を隠しているのか、気がつくひとはだれもいないだろう。

今も、八寸の小さな体はすぐに見えなくなった。沼が隠してしまったものを語るのは、かすかなさざなみだけだったが、葦間を渡る風が、じきに消してしまった。

風がやむと、沼はしんと静まりかえった。

まだほんのりと青い空に、きんいろの月が昇りかけていた。

第一章　散在ガ池

1「河童池」騒動

今は「散在ガ池公園」と呼ばれる里山の、三つの池と二つの沼を棲みかとして、河童族の生き残りが、ひっそりと暮らしていた。

その昔、散在ガ池の河童族は、人間など寄せつけぬ霊力もあれば不思議な術を巧みに使うこともできた。やんごとない一族にいたっては、水を統べて人間たちに奉られ、あたかも神のごとく暮らしていたという。清らかな水が流れるように言葉を話し、葦の水茎のように美しい文字を書き、漣のように心をゆさぶる音楽を奏でたともいわれている。

しかし、それも今となってはただ夢のような昔語りにすぎず、物語が残るだけである。河童をとりまく自然が徐々に侵されるにつれて河童の数も減っていき、水が霊気を失うにつれて河童も霊力を失っていったからである。

さて、わずかに残った河童族の一つに「浅沼の一族」と呼ばれるものたちがあった。この一族の河童たちはそれぞれ一寸、二寸、三寸などと呼ばれていたが、それは別に体の大きさを指すのでも皿の径を指すのでもなかった。ほぼ年齢順にふられた背番号のようなもので、いわば名前のかわりである。

浅沼は、三つの池から二つ谷を越えたあたり、岐れ道を東に折れた先の小高い山の奥にあった。岐れ道には「月待ちの桜」と呼ばれる山桜が大きな枝を広げていた。池の方から来る河童は、この老木を目印に、道ともいえぬ道をようやく見つけだす。

散在ガ池全体で見ると、浅沼はいちばん小さくて、とても浅かった。しかし、一族はみんなで八河童だけで、そのうち四河童はまだ百歳にもなっていなかった。河童の主食である水藻も鮒も足りていた。浅沼の河童たちは、ささやかながらのんびりと暮らしていたのである。ところがある夏のこと、大騒動が起きて、一族の八河童のうち七河童までが姿を消した。

それは、こどもなら河童でも人間でも、水にひきつけられずにはいられないような暑い日のことだった。時もあろうに真っ昼間、八寸の兄たちが大池に遊びに出かけてしまったのである。

河童は、ふつう夜元気よく動きまわる生きものであり、陽射しの柔らかい朝や夕方はともかく、太陽が皿の真上にある昼の間はぐっすり寝ている。ことのほか陽射しに弱くて何より月を好きなのが、河童というものだからである。

だが、なんといっても子河童のことであった。おもしろそうなことが見つかれば、夏の盛りの真っ昼間といえどもひたすら遊んでしまう。

その夏、浅沼では菱の勢いが強すぎて、河童たちはのびのび泳ぐことができなかった。菱の棘や浮きにすぐ引っかかってしまうから、アメンボやミズスマシに水上滑走競争させるのもむずかしかった。月の見えない晩が続いて、月明かりの下の水遊びもできなかった。子河童たちは体もすっかり乾いて、ひどく退屈していた。

ところが、月待ちの桜のてっぺんからは遠く大池が見えた。菱など、ただの一本も生えていないような水の面。夏の陽を反射してきらきら輝く水。

六寸と七寸がついつい大池に引き寄せられてしまったのも、しかたのないことであった。八寸も、もう少し大きければ兄たちについていったことだろうが、人間でいうとまだ六歳になったばかりの六十一歳でしかなかった。八寸は月待ちの桜にもたれかかって、はずむように駆けていく兄たちをさみしい気持ちで見送った。

六寸と七寸が元気よく大池に跳びこんだとき、向かいの水辺では人間の子どもたちが葦の間にしゃがみこみ、河鹿の卵をつついて遊んでいた。

にぎやかな水音を聞きつけると、子どもたちはすぐに立ち上がってあたりを見まわした。

それから先の大騒動は、もう目をおおわんばかりだった。当時の騒ぎを知る母河童たちが「水かきがあって、ほんによかった。さもなければ、指のすきまからこわいことがたんと見えて、子河童たちがもっとおびえただろうからね」と今でも言うほどである。

大挙して押し寄せた人間たちは、池はさらうわ、徹夜ではりこむわ、カメラは据えるわ、しまいには観光バスまでやってくる騒ぎになった。なにしろ、しばらくの間は屋台まで出たほどだった。アイスクリーム売りのじいさんは、自転車に「河童アイスあります」というのぼりを立ててやってきた。

河童たちの知るよしもないことだったが、町議会では、散在ガ池を「河童池」と改名して観光名所に仕立てようという案さえ出されたくらいである。

折悪しく散在ガ池周辺の土地開発が始まったこととあいまって、なにもかもが沈静するまでに十年近くかかった。その間、河童たちは心の休まる暇とてなかった。

なかでも難儀な暮らしを強いられたのが、騒動の舞台となった大池の河童たちだった。一族は長命の河童をたくさん抱える大家族だったから、そろって安全に避難できる先といえば深沼しかなかった。深沼の一族に気兼ねしながら、濁った水にも耐えて、深沼で暮らすほかはなかったのである。河童にとって十年はたいした年月ではないといえ、大池の一族が浅沼の河童たちを忌み嫌うようになったのは無理もないことであった。

さて、大池で目撃された後いったい六寸と七寸に何が起きたのか、想像するのも恐ろしいことだったが、事件はそれだけでは終わらなかった。

騒動が聞こえてくるとすぐに、浅沼の一族は六寸たちを捜しに出かけていった。ただ、親河童たちは幼い八寸を危ないところに連れていきたくなかった。

すぐに帰ってくるつもりでもあった。そこで、八寸にやごを与え、よい子にして留守番しているよう、よくよく言い聞かせてから大池に向かったのである。

だが、それきり、浅沼の七河童は忽然と姿を消してしまった。

八寸はわずか六十一歳で、天涯孤独の身の上となったのである。

2 三粒の鬼胡桃

大きなしゃぼん玉がひとつ、またひとつと浅沼の上に飛んだ。西日に照らされて、水の面としゃぼん玉が、きらきら光った。

しゃぼん玉はたてつづけに風にのって飛んで、眠る木を探しに沼へ帰ってきていた鳥たちを驚かせた。メジロの番が椎の枝の上でしきりに首をかしげている。

八寸は椎の木に向かってもう一吹きすると、葦の管を口からはなして、笑い声をたてた。小さなトライアングルを続けざまに鳴らしたような笑い声だった。

沼はしんと静かで、笑い返すものはだれもいない。

八寸が夢中で吹いていたら、橡の汁はすぐになくなってしまった。お椀がどれも空っぽなのをたしかめると、八寸は岩の上にしゃがみこんだ。

橡の実をひらたいところに置いて、まず石で砕いてから、細かくつぶして、よく摺る。摺りつぶした実を大切に寄せ集めて、こぼさないようにシイナ栗のお椀につぎつぎ入れる。シイナ栗で作ったお椀は全部で六つあった。ここに沼の水をたらして、よく混ぜれば、ぶくぶく泡がたつ。この汁を葦で作った管で吹くと、それはみごとなしゃぼん玉ができるのだ。

兄たちがいたころは、橡の汁をみんなで奪いあった。つかみあいのけんかをして、せっかく作った汁を全部ひっくりか

えしたり、ひっかけあったり、いつも大騒動だった。しかし、半泣きの子河童も顔じゅう泡だらけの子河童も、しまいにはみんな並んで機嫌よくしゃぼん玉を飛ばしたものだった。

シイナ栗に入れた橡の汁を大事に抱えて、八寸は次から次へと、しゃぼん玉を吹いた。ひとつひとつに八寸の姿が映る。しゃぼん玉の数だけ、河童がいるみたいにも見える。八寸は飽かずにしゃぼん玉を飛ばした。

やがて闇がおりてくると、しゃぼん玉の輪郭だけが、ぷるぷるふるえながら浮かびあがって沼の上をたよりなくゆれていった。いちばん大きなしゃぼん玉がはじけて消えた。ぱちん、という音が妙に大きく沼に響きわたった。

八寸はお椀を逆さにして振って、わずかに残っていた橡の汁が足元の土にしみこんでいくのをぼんやり見つめた。

大騒動が起きたあの夏からずっと、八寸はたったひとりで浅沼に暮らしていた。山深い浅沼にいればとりあえず安寧で食べるものにも困らなかったが、幼い八寸にとってひとりぼっちはつらかった。

　さみしくてさみしくて、深沼の方まで出かけていくこともあった。しかし、深沼にはすでに大池の一族が移りすんでいた。大池の一族については言うにおよばず、深沼の一族にも、八寸にもう少し親切であれというのはむずかしいことだったろう。浅沼の一族のせいで、気位の高い大池の一族とのうんざりするような共棲みを強いられたわけだったから。

　深沼の子河童たちは、幼い八寸に石を投げつけるようなことこそしなかったものの、八寸の姿を見かけると、いつもわーっとはやしたてながら逃げていってしまうのだった。

　そんなある日のこと、年長の河童が八寸の手に鬼胡桃を三粒ばかり握らせて、「たまにはようすを見に行くから、おまえは月待ちの桜よりこっちにはもう出かけてくるな」と言ったのである。

　八寸はゆっくり手を開いて、鬼胡桃を見つめた。栗鼠たちにだしぬかれるので、幼い八寸の口にはめったに入らぬご馳走である。いつもなら、大喜びしてすぐ割りにかかるところだった。

深沼の河童の姿がやがて遠くになってしまうと、八寸はもと来た道をとぼとぼと帰りはじめた。深沼を出てまもなくのところに大きな岩があった。「風来の岩」と呼ばれるこの岩の向こうには、トンボの群れ飛ぶススキの原が広がっていた。浅沼に帰るには、その原っぱを抜けて、さらに谷を越えていかなければならない。

八寸は風来の岩によじのぼってしゃがみこむと、もらったばかりの鬼胡桃を固めて置いた。置きながら、岩の上にぽつりぽつりと涙をこぼしたが、よく晴れた秋の夕方のことで、そのしみは、すぐに乾いてしまった。八寸は岩からすべりおりると、トンボたちには目もくれず、ススキの原をやみくもに走り抜けた。

浅沼にひとりぼっちでいると、とにかく時間だけはたっぷりあったから、八寸は思いつくかぎりの、また、思い出せるかぎりのありとあらゆる遊びをひとりで試してみた。しゃぼん玉遊びもそのひとつだったが、橡の汁を独り占めにできるかわりに、笑いかわす相手がいなかった。

アメンボを集めて、水上滑走競争させることもあった。沼の河童が減って菱はさらに勢いを増したから、アメンボの細い足が引っかからないように八寸は菱を丹念に間引いた。自分が足をとられてかんしゃくを起こすこともあったが、暇をもてあますと、また根気よく先を続けた。

だが、せっかくできあがった滑走路でも、八寸ひとりでは一度に五匹のアメンボを競争させるのがせいぜいだった。たとえ五匹でも、決勝点に先まわりして捕まえるのは大変な苦労だったからである。

蛙跳び競争ともなれば、もっとおおごとだった。土蛙は河童と目があうとすぐに沼の中に跳びこんでしまうし、達磨蛙は八寸の手に負えない。そこで、小さめの蟇蛙をエノコログサで釣って、まだ目玉をぐるぐるさせているのを連れてくる。

蛙を横一列に並べるだけで大仕事である。ちょっと油断すると、みんながてんでの方向に跳んで逃げてしまう。八寸がそれぞれの手で二匹の蛙を押さえているうちに、もう一匹が逃げ出す。足でそいつを押さえこむ。水かきがついているから、これは断然うまくいく。だが、もう一匹がとんでもない方向に逃げ出してしまうと、蛙跳びをしているのは、いったい蛙なのか八寸なのか、わからなくなってしまう。

こんな遊びでくたびれると、八寸は蛍や蝶トンボをじっと待った。うす曇の夏の日には、日暮れて二時間ばかりたつころ、蛍が魔法のように姿を現す。八寸は沼のほとりに寝そべって頬杖をつき、蛍が描くいろいろな模様を楽しんだ。

蛍がもしや自分に話しかけているのではないかと思って、目に映った光のかたちを湿った土に描いてみたりもする。しかし、これまでのところ、どんな意味も見つけられずに、柔らかな光の名残を湿った空気とともに吸いこむだけである。

兄たちがいたころは、葦を背中にみんなですわりこみ、ひたすら蝶トンボを待ったものだった。だれが一番たくさん蝶トンボにとまってもらえるか、という競争をしていたのである。幼い八寸は、蝶トンボを世界一きれいなトンボだと思っていた。蝶トンボを見つけると、思わずはしゃいで自分も手をひらひらさせてしまっては、兄たちにしかられた。

このごろでは、半日くらいは平気で待つことができる。だが、どんなにたくさんの蝶トンボがとまってくれても、自慢する相手がいなかった。

月のない晩、八寸はとりわけさみしい気持ちになって、羊歯の茂る谷を岐れ道まで登っていった。月待ちの桜に登って太い枝に腰掛け、細い足をぶらぶらさせながら、遠く大池の方角を見つめて、月影を踏んで歩いていった家族のことを考えた。

だが、そんな夜は、蛙たちがしきりに鳴く声と夜鴉*のはりあげる奇妙な声が、墨黒の空に響き渡るばかりだった。最高に運のいいときでも、深沼の子河童たちが闇夜のかくれんぼをしているのを見かけるくらいである。

それでも八寸は、空がすっかり明るんで鳥たちがにぎやかにさえずりはじめるところまで、時には落っこちそうになりながら、辛抱強く枝の上にすわっているのだった。

3 長老、河童の修行と河童を語る

大騒動から二十年が過ぎた夏の宵のことである。

河童の長老が使いをよこして、八寸を「空林洞」に呼び出した。八寸は、人間でいうとおよそ八歳の、八十一歳になっていた。

翌日の夕べ、八寸は大池の空林洞をめざして出かけていった。月待ちの桜より先へ出かけていくことはめったになかったので、八寸にとってはひさしぶりの遠出であった。

八寸は、羊歯の谷を渡り、夕焼けのススキの原をトンボと遊びながら駆けていった。夏の初めのことで、トンボがそれほど多くなかったのは幸いだった。さもなければ、日が暮れるまでススキの原で遊びほうけてしまっただろう。

沼ではあまり見かけない、足の白いトンボ**を見つけたときは、八寸は足をと

※本作の注釈は144ページにまとめ、底本より記しています。

めて見とれたが、やがてあきらめてまた元気よく駆けだした。大池にたどりつくには、ススキの原から風来の岩まで行き、深沼を通りすぎて、紅葉谷を越えていかなければならない。

深沼あたりは急いで通ったが、紅葉谷でまた道草を食って、もみじの足元を流れる小川にパシャパシャ入っていった。たくさん歩いて赤くなった足をひんやりした水で冷やしていると、薄闇のなか、岩の下にかさこそ逃げていくものが見えた。沢蟹だった。浅沼あたりの赤くてぷっくりした沢蟹と違って、甲羅の青みがかった小さな蟹である。

八寸は沢蟹を追いかけてひとしきり遊んだが、青くさんざめいていたもみじの葉っぱがいつのまにか小川に影を落とし、銀色の月が水面でゆれているのに気がついた。あたりには、とっぷり闇がおりていた。八寸は蟹をみんな逃がしてやると、しぶしぶ小川から出て、沢を下っていった。

残りの道は（なるたけ）脇目をふらずに歩いていった。紅葉谷を出て、森とは名ばかりの小さな小さな「星が森」を抜けると、急にあたりが開けて小池と中池が見えてくる。星が森と呼ばれるのは、星のかたちの白い花が木々の根元一面に咲くからである。月の光の下で眠っている花たちを踏みつけないよう、ひょいひょい歩いて、八寸は森を抜けていった。

　空林洞は、三つの池のいちばん奥まったところにあった。こどもの河童の足では、遊ばずに一生懸命歩いていっても、一時間半はかかる起伏の多い道のりである。八寸が大池の「澄水の岩」にたどりついたときには、月はずいぶん高いところに昇っていた。


***

　岩の裏手には「やぐら」がいくつもあったが、もっとも深いやぐらが空林洞と呼ばれていた。だれも正しくは知らぬほど歳をとっている長老は、このやぐらに独り棲み、だれも思い出せないほど昔から散在ガ池を治めていた。

　長老は空林洞の前にあぐらをかいて、八寸を待っていた。八寸はできるだけ神妙な顔をして、長老の前に進み出た。

「この秋には、とうとう南側の山も崩されてしまうということじゃ。われわれの居場所はますます侵されるし、人間を見かけることもたびたびになるであろう。そこで、おまえは夏の間、人間の世界に修行に出かけてきてはどうであろうか」

いきなりこう言われて、八寸はたいそう驚いた。しかし長老の言おうとしていることはなんとなくわかった。

河童はふつう冬は山の中で、夏は池や川で暮らすといわれる。だが、散在ガ池はぐるりを小高い山に囲まれた、いたって温暖な土地柄だったので、河童たちは季節ごとに移動する必要がなかった。池や沼を暮らしの場とし、あたりの山にたくさんある大小のやぐらをねぐらとして、おおむねのんびり暮らしてきたのである。

ところが、数十年前から大池の西側の山で宅地開発が始まった。開発は、さらに大池の周辺まで進んだ。人間が「散在ガ池」というとふつう大池を指すのだが、大池を中心とした三つの池のある一帯が、「散在ガ池公園」として整備されはじめたのである。深沼と浅沼の二つの沼はといえば、南と東を山に閉ざされた場所にあって、あたりはまだ開けていない。

だが、このところ鳥たちによって散在ガ池にしきりともたらされている噂があった。二つの沼の南側に連なる山の開発も、反対側斜面からじきに始まるらしいというのである。長老が言っているのも、そのことであった。

「南の山が崩されると、やぐらはもとより沼のあたりにもよく陽があたって、悪くすると沼は乾いてしまう。沼が干上がらぬまでも、草地がからりと乾いて、」

長老はいまいましそうに言葉を切って、体をブルっとふるわせた。乾いた草地の、あのかさかさした感じを思い出したためである。歳とともに、乾燥がいちばんの苦手となっていくのが河童というものである。

「からりと乾いて棲めなくなれば、おまえはどこかに移り棲まねばならぬかもしれぬ。が、深沼あたりも、ほどなく浅沼と似たようなことになろうし、中池はこのごろあまりに子沢山で、おまえの入る余地はない。小池はといえば、もともと河童密度の割に手狭じゃからな。当面乾く心配もなく、しかも余裕があるのは、大池のみ。しかし、大池の一族は、おまえだけは、お断りだと言っておる」

　八寸はうなだれた。

「おまえの兄たちのせいだということは、よくわかるな。六寸や七寸のせいで、大池の河童たちがどんな目にあったかは、おまえもよく知っておろう」

　長老は、しばし言葉を探した。考えてみれば、目の前でうなだれている幼い八寸には何の責任もないことだった。

「そこで」

　長老がいくらかやさしい口調でまた口を開いたので、八寸は我に返った。鬼胡桃を握らされて深沼を追いはらわれた日のことを思い出してぼんやりしていたのである。

「この夏の間、修行に出かけてはどうかと思うのじゃ」

　長老は八寸の顔をじっと見つめたまま、続けた。

「わしが、おまえを猫にしてやろう。わしも老いたとはいえ、『河童猫の術』くらいならば、まだ、わけはない。おまえは人間の世界に猫として出かけていって、人間をよく観察し、人間についてできるだけたくさん学んでくるのじゃ。人間についてよく知れば知るほど、人間の心を読む力を育てることも容易になる。人間の心を読む力こそが、人間から身を隠したり、かわしたりする術のおもとなのじゃ。その力を、おまえもぜひ身につけねばならぬ」

夜がすっかり更けるまでかかって長老が八寸に説いて聞かせたのは、おおよそ次のようなことだった。


長命の河童たちや池の河童たちは、衰えたといっても、まだある程度の霊力は持っている。いちばん大事な霊力は人間の心を読むことである。心を読んではうまく立ちまわって、人間や人間のもたらす危険を避けてきたのである。

身を守るそのほかの霊力としては、水の中で水母や白魚のように透明になったり、水の外ではナナフシのように木のふりをしたりする力がある。ジムグリみたいに土中にすばやくもぐりこんで、地面に同化することもできる。

また、万一、姿を隠しそびれて人間に見られても、人間の記憶を夢幻に変えてうまく逃れることのできる河童もいる。ただし、これほど高い霊力を持つものは、きれいな水の池に棲む河童たちにほぼ限られる。

それというのも、河童にはいくつかの種があって、大まかに言うときれいな水を好むものと濁った水を好むものの二つに分けられるが、霊力の強さや気位の高さを決めているのは、不思議なことにその水の好みなのである。

つまり、きれいな水に棲む河童ほど霊力が強く、気位の高いものが多い。人間も澄んだ水を好むから、澄んだ池で生き延びるためには力を磨かざるをえなかったためであろう。この種は、かなり美しい言葉を話すし、年長の河童ともなると文字などもきちんと読めれば書くこともできる。大池の一族がその典型である。

逆に、濁りが強い水に棲む河童ほど霊力も弱く、気のいいものが多いと言われている。澱んだ深い沼に棲んでいるかぎり、外界と接する機会も少なく力を磨く必要もなかったからである。わずかに訛りのある言葉で話し、読み書きができるものはほとんどいない。深沼の一族がその典型である。

長老はこれだけのことを説明すると、ひとしきり咳払いした。続けてしゃべるとすぐに喉がいがらっぽくなるし、息も切れるのである。長老は澄水でゆっくり喉をうるおしてから、話を締めくくった。

「おまえは沼の一族だから、よほどの修行を積まねば、人心に入りこんで惑わす術など会得できまいが、ひと夏よく努力すれば、大池の一族に迷惑をかけないですむくらいの知識は、身につけることができるかもしれぬ。もし、それができれば、大池の一族もおまえを引き受けるのをいやとは言いにくいであろう」

八寸は、こどもらしい細い首をかたむけて黙ってうなずいた。

長老の言うとおりだった。八寸は沼の一族の河童として、生まれてこの方のんびり暮らしてきたから、どのような霊力とも無縁である。学習する機会もなかった。これまで危ない目にあわずにすんだのは、浅沼が山深くにあり、そのうえ沼の手前の原っぱにマムシがたくさん棲むのを恐れて、人間が入ってこなかったからにすぎない。

人間どころか、こうして長老に呼び出されるほかには、ごくたまにようすを見に来る深沼の河童に会うくらいで、この二十年、河童にさえほとんど会っていないのである。八寸の胸は不安でいっぱいになってきた。

「身のまわりを整理して、次の満月の夜に、また出かけてくるがよい」

長老は八寸の不安には気がつかぬげに、それだけ言うと、やぐらの中に引っこんでしまった。どんなに控えめに数えてみても七百歳はゆうに過ぎているから、すぐに疲れてしまうのである。

八寸は、やぐらの入り口に向けてていねいにお辞儀をしてから、きびすを返した。沼へ帰る道すがら、八寸は明るみはじめた空を見上げた。

銀色の、細い爪あとのような月が、薄藍の空にひっそりと残っていた。

「沼が乾いたら、棲むところがなくなるからなあ」

と八寸は独りごとを言った。そして、姿を消した父母や兄たちはいったいどこに行ってしまったのだろう、と考えた。

4『河童猫の術』

月は毎日ふくらんでいって、やがて満月の夜がきた。

八寸は三つの池のいちばん奥にあるやぐらをめざして、浅沼を後にした。振りかえると、大きなきんいろの月が沼の上に出ていて、沼の面にもその姿が映っていた。葦の間を風が渡ると、水面にかすかな漣がたち、月影が歌うようにゆれた。

八寸は、うちの沼はなんてきれいなんだろう、と思った。そして、心にこの絵を焼きつけると、もう二度とは振りかえらずに長老の待つやぐらへと先を急いだ。

風来の岩を過ぎて、谷を越え、星が森を抜けたころには、満月が空のずいぶん高いところまで昇り、恐ろしいほどの光であたりを照らしていた。どちらをむいてみても、まるで一度も来たことのない場所のように見えた。八寸は思わず足を止めた。

風はいつの間にかやんでいて、散在ガ池はしんと静まりかえっていた。満月の夜なのに蛙たちはいったいどこにいるのだろう。八寸は不思議に思った。

ふいに、目の前の丈の高い草が銀色にきらめいた。風ではない、月の光でゆれたのだ。空気がどんどん青ざめてきているような気がした。同じ月の照らす浅沼を心に浮かべて、やっと気持ちを励ますと、八寸は空林洞をめざしてまた歩きはじめた。


長老は目を閉じて、やぐらの前にすわっていた。この前の晩と同じく、独りきりだった。あたりのようすは常ではないのに、長老だけはいつもとまったく変わりがなかった。長老は半眼になって八寸を認めると、ゆっくり手招きした。

八寸をすわらせて、長老はまたひとしきり、ねぐらや食料のありかやそのほかの大切なことをあれこれ話して聞かせた。

あたりの空気は、月が昇るにつれて、いっそう青く澄んできた。

長老はふと月を見上げると、やぐらにひっこんだ。出てきたときには懐に手を入れていた。何か持ってきたようだった。

長老はゆっくり時間をかけてすわりなおすと、ふたたび口を開いた。

「肝腎なことは、正体を悟られぬことじゃ。万一、河童の姿に戻ってしまうことがあったら、そのときはもう身の破滅だと思うがよい」

「河童の姿に戻る？」

「わしの力のおよばぬのは、おまえの欲と、それから水じゃ」

八寸の不思議そうな顔を見て、長老は八寸に顔をぐっと近づけた。長老の口は蜉蝣の翅の匂いがした。

「よいか、おまえが自分の欲に我を忘れるとき。これがいちばん危ない。みずみずしい野菜や果物からは、なるべく遠ざかっておることじゃ。猫はふつう、そのようなものは食わぬもの」

八寸は、甘くて汁気たっぷりの紅葉苺を思い出して、ちょっぴり悲しい気持ちになったが、神妙にうなずいてみせた。長老の顔がまだ目の前にあったからである。

「それから、こわいのは水じゃ。切れてもならぬが、浴びてもならぬ。もとの姿に容易に戻ってしまう。わずかの雨なら大丈夫だが、土砂降りはまずい。むろん、おまえも風に雨の匂いをきくことくらいはできるであろうが、さらに猫たちのようすもよく観察するがよい。猫が顔を洗っていたら、雨の近いしるしじゃ。あらかじめ雨を警戒できれば心強かろう」

長老は、大気の匂いをたしかめるように空を見上げた。沼の一族などは、すぐそこまできている雨の気配を風にきくのがせいぜいだが、河童族を統べる長老ともなれば、もっと先の雨の匂いをきくことも、その年の梅雨の予想をたてることもできたのである。

「幸い、今年は空梅雨じゃ。梅雨が明けるのも早いはず。だが、くれぐれも油断してはならぬ。山百合が香りたてば、梅雨が明ける。それまでは、とにかく注意することじゃ。言うまでもないことだが、池や川、水を貯めてある場所などからは、常に遠ざかっていなければならぬ」

長老の注意に、八寸はいちいちうなずいた。長いことひとりぼっちで暮らしてきたので、だれかが自分の身を案じてくれるのがありがたく、またうれしく思われたのである。

「体が乾いたら、水をたくさん飲むがよい。それから体をしっかりなめることじゃ。これはきわめて猫的なことじゃから、ひとたび猫の姿になってしまえば、たやすかろう。とにかく日向にあまり体をさらさぬよう、よく気をつけるがよい。いちど体がすっかり乾いてしまうと、つい水に跳びこみたくなってしまうからな。夜には、たっぷりと月の光を浴びることが肝要じゃ。猫というものは昼間はたいてい寝ておって、夜歩きまわるから、これもたいしてむずかしいことではない」

八寸は、ごくまれにだが山に迷いこんできた猫を見かけることも、捨てられたらしい子猫たちの鳴き声を遠くに聞くこともあった。しかし、あのきれいな毛皮をまとった敏捷な生きものが、自分たちとこれほど似た生き方をしているとは思ってもみなかった。

こうして聞いてみると、猫として暮らすことは、河童にとってそれほどむずかしいことではなさそうだった。むろん河童は体をなめたりはしないものだが、慣れればどうということもないだろう。八寸は指をちょっとなめてみた。

「とにかく猫らしく、猫らしく、ふるまうことじゃ。くれぐれも言っておくが、わしの術によって猫に変わるのは、ただ見てくれのみ。しかして、猫の姿の間、河童であってよいのはおまえの心だけじゃ。そのことを、よく、肝に銘じておかねばならぬ」

それから長老はいずまいを正すと、猫の寿命は人のおよそ八分の一であり、人の寿命は河童の十分の一にすぎないと説明した。猫は河童の八十倍の速度で生き急いでいることになる。

「だから、夏が終わったら、さっさと帰ってきて河童に戻らねばならぬ。さもなければ河童の自然を破って、どんどん老いてしまうからな」

おしまいに、長老は八寸に猫の鈴ほどのきれいな緑色の珠をくれて、こう言った。

「よいか、万一、河童の姿に戻るようなことがあったら、三度まではこの珠が助けてくれる。ただし、助けてもらったら、必ずすぐに月の光で充たさないと、これはただの石ころに成り果ててしまう。いずれにしても、四度目はない」

長老は眉根を寄せてものすごくこわい顔をした。

「四度目は絶体絶命のときじゃ」

八寸もつられてむずかしい顔でうなずいた。

すると長老は、足元の石を一つ拾って、どっこいしょと立ちあがった。

「絶体絶命のときのみ、このように」

と長老は振りかぶって、石を勢いよく地面に投げつけてみせた。

「珠を大地にお返しして、念じる」

長老は息を切らしながら、また腰を

おろした。

「こうして念ずれば、願いが一つは、かなうだろう。たとえば、相手がおまえを見たことを忘れてしまうとか、姿が消えるとか。また、もしそのときまでに月の光も十分に充たされ、おまえの修行が進んでいて気を思いきりこめることができれば……あるいは願いの二つくらいは」

長老は息を整えた。久しぶりに大きな動きをしたので、すっかり息が切れてしまったのである。時間をかけてゆったりすわりなおすと、長老はまたこわい顔を作って続けた。

「ただし、散在ガ池に害がおよびそうなときだけ、おまえが生きて帰れそうもないときだけ、その術を使うのじゃ。とにかくいちばん良いのは、猫の姿のまま帰ってくることだと、よくよく心に留めておくがよい」

八寸が珠を手のひらに戴いて見ると、珠はきれいにくりぬいてあって、中には小さな珠がもう一つ入っていた。月にかざしてみると、小さい珠の表面に何か書いてあるのが見えた。八寸には読めなかったが、八寸の無事を祈念して名前が書いてあったのである。珠を手に持って振ると、小さな珠が動いて鈴のようにチリンと鳴った。紐を通して首にかけるための小さな穴も、ちゃんと開けてあった。

　八寸が珠をためつすがめつ観察しているさまはいかにもこどもらしく、手足の細くていかにも幼いようすに、長老はさすがに哀れを覚えた。

〈まだほんのこどもなのじゃ。やっと八十を越えたばかりではないか〉

　長老は咳払いしてから、やさしい口調で付け加えた。

「珠を満月にたっぷりあてておいたからな。それに、きっと無事に帰れるよう、わしがよく念じておいたから、安心して行くがよい」

　長老は口を閉じてすわりなおすと、天を見上げた。つられて八寸も見上げた。満月が長老と八寸の真上にあった。

　青ざめていた空気が、ゆらりとゆれたかと思うと、光を帯びて輝きはじめた。すると、光を縫うように、月のしずくが滴り落ちてきた。細い、細い、金糸のようなしずくを受けて、長老は老いた姿にまるで月の衣をまとっているように見えた。

　八寸は、きんいろの光を胸いっぱいに吸いこんでから、長老の前に進み出た。

　こうして、夏も初めの満月の夜、八寸は猫の姿になって人間の世界に出かけていった。

　長老は幼い八寸の身を深く案じてもいたし、久しぶりに使った『河童猫の術』にいささか不安がないでもなかった。しかし、長いしっぽをひらめかせながら遠ざかっていく八寸の姿は、いかにも猫らしかった。

　長老はわれ知らず、

「いやはや、なんとも立派な猫だわい」

とつぶやいた。

＊夜鴉
ゴイサギの俗称。河川や湖沼に生息する夜行性のサギ。「グァー」という不気味な声で鳴く。
＊＊足の白いトンボ
モノサシトンボのこと。春秋に湖沼に近い草地でよく見かけられるイトトンボの一種で、黒い腹の節に目盛りを刻んだように均等に白い模様があり、ものさしのように見える。足はまるで白足袋かソックスをはいたように白い。
＊＊＊やぐら
丘陵地に横穴式に作った蔵または墳墓。墳墓としては武士階級に流行し、ほとんどが鎌倉時代に作られた。鎌倉の天園辺りに多く見られ、「百八やぐら」と呼ばれるやぐらの密集した一帯もある。幅一・五メートル、奥行き一メートル、高さ一メートルくらいのものから、幅七メートル、奥行き六メートル、高さ三メートルもある大やぐらまで、規模はさまざまである。ここで長老が棲んでいる「空林洞」は、奥行きがかなり深いようである。

付記　岩石をうがって物を貯蔵しておく蔵。また墓所。鎌倉付近に多く「矢倉」と当てる。

（広辞苑　第四版）

もりくいクジラ

［作］川村たかし　［絵］アサイレイコ

昔、紀ノ国（和歌山県）の太地には、ひよりじいさんという年寄りが住んでいた。

一番どりの鳴く朝の二時ごろ、じいさんは今日の天気具合を見るために、きまって浜辺に出た。

海へ出ていく男たちが、雨やら風の具合を聞きにくるが、まだまちがえたためしがない。

じいさんのクジラとりの話がおもしろいので、みんな聞きたがったが、気にいらないときはきこえないふりをしている。けれども、子どもたちにせがまれれば、きっと話しはじめたということだ。

もう、だいぶん前のこと。いえもんは村一番のクジラとりだった。ずんぐりしたいえもんのうしろから、いつもそうだゆうという大きな若者がにこにこしながらついて歩いた。親子ほども年がちがうせいでか、若者はいえもんのことをおやじさんと呼んでいた。

ところが、そのそうだゆうが、このごろ笑わなくなった。あいさつもしないで、そりかえって歩いている。

そこで村人たちはむっつりそうだゆうだの、だんまりのっぽだのあだなをつけた。

物言わずになったのは、わけがある。ぐぐっと息を飲みこみ、歯をくいしばってむーんとそりかえっているせいだ。水にもぐっても、クジラに負けないようになろうと、

りきみかえっているせいだ。

それというのも、ここ三、四年ばかり、冬になると、毎年のように沖のほうをクジラの群れが通る。

ところが群れを連れているのは、かしこい一頭の大クジラで、浜辺に近よろうとはしない。

村はこのごろめっきりえものが少なかった。

その大クジラをとろうというのが、いえもんとそうだゆうの考えだった。

去年もみんなでおっかけたのだが、そのときは海があれていて、にげられた。

かしこい大クジラは遠くからでも、ぼうっと白く見えた。

背中に一本のもりがたっているのも、みんなは知っていた。

前にも浜辺に来たことのあるクジラにちがいない。

村人たちはモリクイと呼んでいた。

その年の冬も終わるころ、やっぱりモリクイは群れを連れてやってきた。

二十や三十どころではない。大きなやつばかり、六十も七十も黒い石を海にまいたようにしてあらわれたのだ。

岬の上の見張り所では、合図ののろしがもくもくとあがった。

ほら貝が鳴りわたり、のぼりがあがった。

村はにわかにわきかえった。

男たちは、何十という船のへさきをならべて海へでた。

雪がときおりまいおりてきて、海の上はちーんと寒かった。

一番前をゆく船には、いえもんが乗っていた。

二番目の船にはそうだゆうが乗っていた。

クジラはずうっと遠くのほうを、もぐったりはねたりしながらやってくる。

「よいか、モリクイだけが相手だぞ。ほかのクジラには見向きもするな。」

いえもんがのびあがって、どなった。

用心深いモリクイさえいなくなれば、ほかのクジラは浜辺の近くまでやってくるにちがいない。そうなれば、もうこっちのものだ。

船の*ろをおす声が、海の上にたちこめた。

ヒーヤー
ヒーヤー
ヒーヤー
ヒーヤー
船は、とっくに村が見えなくなるほど沖へでてしまった。
波がたかい。
クジラたちは今、いっせいにもぐっていた。
そのあいだに、小船たちは大きな輪を作って、散らばった。
男たちはこぐのをやめた。
のりだしてみても、クジラの姿はどこにもみえない。
と、ふいにみんながきょろきょろした。どこかで、ふしぎな音楽がきこえるのだ。
キュルル……
＊船をこぎ進めるための細長い板。

キュルル……

「海の底だぞ。クジラが歌っているのかもしれん。」

男たちは顔を見合わせた。

ゆさゆさわぐ水の底から、たしかにうす気味悪い音が聞こえてくる。

あらくれ男どもは、思わずぞうっとした。

やがて、気味悪い歌がやんだ。

海がふくれあがって、クジラたちがもこもことうかんできた。モリクイはぼうっと光りながら、小船のまえに立ちふさがった。やっぱり背中には細い、いがつきささっているのが見える。

「ようし、いくぞ。」

いえもんが合図をした。

小船たちは長い一本のひもになって、群れの中へわってはいった。

どの小船からも、つちの音がいっせいにひびいた。でかいくせに、クジラは音におくびょうだった。

クジラの群れは急にみだれた。

「しめた。」

とりかこんだ男たちが、思わずわあっとさけんだ。

船の二倍もあるモリクイが、おろおろとにげはじめたからだ。

「かこんで、にがすなよっ。」

いえもんが真っ赤になってどなる。

「あみをはってまちぶせるのだ。」

ギイコギイコとろがきしみ、波しぶきが体にぶつかる。

どの小船のへさきにも、もりをもった男がひとりずつ、すっくと立ちあがった。

一番前をいくいえもんが、クジラにむかって二度三度とおいでおいでをした。

それが、たたかいを始める合図だった。

そうだゆうは思わず、体中があっと熱くなった。

――モリクイよ。いよいよおまえを連れにきたぞ。さあ、向かってこい。力の限り向かってこい。おらも、精一杯いくぞ。

クジラはあわてていた。まっしぐらににげていく海の上に、あみがはりめぐらされた。頭をつっこんだモリクイは、思わず立ちあがるようにした。

そのあいだに小船が追いついてきた。

「いまだ。」

男たちの体が、ばねのようにはねまがって、何本ものもりが飛んでいく。

クジラは痛いので、のたうってはねた。

横に走り、向きをかえて向かってきた。

もりを投げおわったそうだゆうの目の前に、ほの白いクジラがふくれあがった。そして、次の瞬間、小船はばらばらとくだけちって、男たちは海の上へ投げとばされた。

そばにいた船の男たちが手をさしのべた。

そうだゆうは、いえもんにひきあげられた。

むっつりとふくれたこの若者は、

「えいっ。」

と、言った。

「モリクイめ、やったな。おらも、ぽっぽっとはらがたってきたぞ。」

クジラは、あばれるだけあばれると、何十本ものもりを背中にたてたまま、海にもぐった。

大きなしっぽが逆立ちして、クイクイとひきずりこまれていく。

いえもんがどなった。

「油断するな。けがをしたクジラはじきにういてくるぞ。」

そのころから、さあっと雪がながれてきた。虫のようにむらがって、海の上をうずまいてながれていく。

クジラはもぐったまま、走っていた。

「もりのつなをはなすな。はなせば雪の向こうににげられてしまうぞ。」

いえもんの声で、男たちはみんなつなにとりついた。

船はひきずられて、まっしぐらに走る。

風が耳にシュウシュウとなった。
雪がぴちぴちと体にへばりついた。
小船はきしんで悲鳴をあげている。
まいくるう雪の向こうに、大きなモリクイの体がぼんやりとうきあがってきた。
　ショーッ
と、潮をふく音が耳の側で聞こえた。
やがて、白い雪の虫たちがいっせいに消えたとき、いえもんもそうだゆうも、思わず、
「おっ。」
と、うめいた。クジラは目の前で向きをかえて、まっすぐにむかってくるのだ。
ほかの船はまだずうっと遠い。
「こげっ、にげるんだ。」
けれども、そうだゆうだけはしっかりと足をふんばった。にきっと歯をくい

しばりながら、力のかぎりもりを投げた。それを見ていえもんももりをとりあげた。

二人のうでに、くるいはなかった。大きな頭に次々ともりがつきささると、クジラは向きを変えた。変えるなり、大きなしっぽでダーンと海をたたいた。

波が小船をひきずりこねまわす。

あとを追ってきた小船が、こぎよせてきた。

こぎよせてはもりを投げ、次のもりを用意してはもどってきた。

もう、クジラの体には百本をこえるもりがつきささった。

もりのつけねからは血が流れ、あぶらがつたわっている。

それでも、モリクイはまだまだひるまなかった。

二つ三つと小船をぶちこわしては、はねまわった。

「そうだゆう。もうすぐはなきりだぞ。」

と、いえもんがふりかえった。

あばれながらも、クジラのもぐる時間が、だんだん短くなっていた。

どの小船にも、若者が一人ずつ、包丁をくわえて立ちあがった。

〝ようい　どん〟で飛びこんで、一番早いものだけが、クジラの背中によじのぼるのだ。

そうだゆうも立ちあがった。

――さあ、行くぞ　モリクイ。もぐるのならだれにも負けやせん。ひまさえあれば、息をのみこむ練習をしてきたのは、このためじゃい。

「それ、行けえ。」

合図の声を聞くと、そうだゆうは一つぶるんとふるえて、海へ飛びこんだ。

ゆくてにほんのりと白い山のようなモリクイがうかんできた。

つきささったもりにつかまって背中へよじのぼったとき、クジラはヒョーッとため息をついた。

息をすっては、またもぐっていく。

冷たくて、ぬるぬるした背中にはいつくばったそうだゆうは、包丁で、鼻のあたりをぐいとつきさした。

クジラはクワッともがいた。

耳のそばで、水がわあーんとうなっていた。

水の中でモリクイはふみとどまった。

苦しいので、あまり深くはもぐれない。

そうだゆうは、また、包丁をつきたてた。

すると、クジラはキューッとないて、いっさんに走りだした。

海の上へでると、そうだゆうが大声でどなった。

「おやじさーん。鼻にーあな開けたぞう。」

長いあいだの、物言わずをとりかえすような大声だった。いえもんがにこにこ笑ってうなずいた。男たちもはやしたてた。

「ようした、よした。」

つなをかかえた男たちが、次々と飛びこんでいった。二せきの船がクジラによりそった。

男たちは、鼻のあなにつなを通して、しっかりと船にゆわいつけた。

クジラはまだ生きていた。けれども、船があるから、もうもぐることはできない。

気をうしなっていたクジラは、やがてわれにかえった。

イーッ　イーッ

と、なきたてながら、ありったけの力ですっとんでいく。男たちは船にしがみついて、小さくなっていた。だが、それもしばらくのことだった。

大クジラのモリクイは、ぐったりと力つきた。

たたかいは終わったのだ。

男たちは、みんなはちまきをとった。

「悪かったのう、ゆるしてくれ。」

と、いえもんがつぶやいた。だが、しばらくしてしゃんと頭をあげると、声をはりあげた。

「なあ、みんな。かしこいモリクイがいなくなりゃ、これから村はまた、きっと大漁じゃよ。」

男たちはわあっとよろこんで、えものをひきながら、いっせいに村のほうへとこぎかえっていった。

ひよりじいさんは話しおえると、苦しそうな顔をしたそうな。罪もないクジラをとらなければくらしていけないかなしみが、胸につまっているようにみえた。だが、じいさんの目はじきに明るくすんでかがやいた。

「まずしい村が生きていくには、これしかないのじゃ。」

そういって、鳥のなくような声で、ホッホッホッホと、笑ったものだという。

よだかの星

［作］宮沢賢治　［絵］小林ラン

よだかは、実にみにくい鳥です。

顔は、ところどころ、みそをつけたようにまだらで、くちばしは、ひらたくて、耳までさけています。

足は、まるでよぼよぼで、*一間とも歩けません。

ほかの鳥は、もう、よだかの顔を見ただけでも、いやになってしまうというぐあいでした。

たとえば、ひばりも、あまり美しい鳥ではありませんが、よだかよりは、ずっと上だと思っていましたので、夕方など、よだかにあうと、さもさもいやそうに、しんねりと目をつぶりながら、首をそっぽへ向けるのでした。もっとちいさなおしゃべりの鳥などは、いつでもよだかのまっこうから悪口をしました。


*一間は約一・八メートル。

「ヘン。また出てきたね。まあ、あのざまをごらん。ほんとうに、鳥の仲間のつらよごしだよ。」

「ね、まあ、あのくちの大きいことさ。きっと、かえるの親類か何かなんだよ。」

こんな調子です。おお、よだかでないただのたかならば、こんななまはんかのちいさい鳥は、もう名前を聞いただけでも、ぶるぶるふるえて、顔色をかえて、からだをちぢめて、木の葉のかげにでもかくれたでしょう。ところがよだかは、ほんとうはたかのきょうだいでも親類でもありませんでした。かえって、よだかは、あの美しいかわせみや、鳥の中の宝石のようなはちすずめの兄さんでした。はちすずめは花の蜜をたべ、かわせみはおさかなをたべ、よだかは羽虫をとってたべるのでした。それによだかには、するどいつめもするどいくちばしもありませんでしたから、どんなに弱い鳥でも、よだかをこわがるはずはなかったのです。

それなら、たかという名のついたことはふしぎなようですが、これは、一つはよだかのはねがむやみに強くて、風を切ってかけるときなどは、まるでたかのように見えたことと、も一つはなきごえがするどくて、やはりどこか、たかに似ていたためです。もちろん、たかは、これをひじょうに気にかけて、いやがっていました。それですから、よだかの顔さえ見ると、肩をいからせて、早く名前をあらためろ、名前をあらためろと、いうのでした。

ある夕方、とうとう、たかがよだかのうちへやってまいりました。

「おい、いるかい。まだおまえは名前をかえないのか。ずいぶんおまえもはじ知らずだな。おまえとおれでは、よっぽど人格がちがうんだよ。たとえば

おれは、青いそらをどこまでも飛んで行く。おまえは、くもってうすぐらい日か、夜でなくちゃ、出てこない。それから、おれのくちばしやつめを見ろ。そして、よくおまえのとくらべてみるがいい。」

「たかさん。それはあんまりむりです。私の名前は私がかってにつけたのではありません。神さまからくださったのです。」

「いいや。おれの名なら、神さまからもらったのだといってもよかろうが、おまえのは、いわば、おれと夜と、両方から借りてあるんだ。さあ返せ。」

「たかさん。それはむりです。」

「むりじゃない。おれがいい名をおしえてやろう。市蔵というんだ。市蔵とな。いい名だろう。そこで、名前をかえるには、改名の披露というものをしないといけない。いいか。それはな、首へ市蔵と書いたふだをぶらさげて、私は以来市蔵と申しますと、口上をいって、みんなのところをおじぎしてまわるのだ。」

「そんなことはとてもできません。」

「いいや。できる。そうしろ。もしあさっての朝までに、おまえがそうしなかったら、もうすぐ、つかみころすぞ。つかみころしてしまうから、そう思え。おれはあさっての朝早く、鳥のうちを一軒ずつまわって、おまえがきたかどうかを聞いてあるく。一軒でもこなかったという家があったら、もうきさまもその時がおしまいだぞ。」

「だってそれはあんまりむりじゃありませんか。そんなことをするくらいなら、私はもう死んだほうがましです。今すぐころしてください。」

「まあ、よく、あとで考えてごらん。市蔵なんてそんなにわるい名じゃないよ。」たかは大きなはねをいっぱいにひろげて、自分の巣のほうへ飛んで帰って行きました。

よだかは、じっと目をつぶって考えました。

(いったいぼくは、なぜこうみんなにいやがられるのだろう。ぼくの顔は、みそをつけたようで、口はさけてるからなあ。それだって、ぼくは今まで、なんにも悪いことをしたことがない。赤ん坊のめじろが巣から落ちていたときは、助けて巣へつれて行ってやった。そしたらめじろは、赤ん坊をまるでぬす人からでもとりかえすようにぼくからひきはなしたんだなあ。それからひどくぼくを笑ったっけ。それにああ、こんどは市蔵だなんて、首へふだをかけるなんて、つらいはなしだなあ。）

あたりは、もううすくらくなっていました。よだかは巣から飛びだしました。雲が意地悪く光って、ひくくたれています。よだかはまるで雲とすれすれになって、音なく空を飛びまわりました。

それからにわかによだかは口を大きくひらいて、はねをまっすぐに張って、まるで矢のようにそらをよこぎりました。小さな羽虫がいくひきもいくひきもそののどにはいりました。

からだが土につくかつかないうちに、よだかはひらりとまたそらへはねあがりました。もう雲はねずみ色になり、向こうの山には山やけの火がまっかです。

よだかが思いきって飛ぶときは、そらがまるで二つに切れたように思われます。一ぴきのかぶと虫がよだかののどにはいって、ひどくもがきました。よだかはそれをのみこみましたが、その時なんだかせなかがぞっとしたように思いました。

雲はもうまっくろく、東のほうだけ山やけの火が赤くうつって、おそろしいようです。よだかは胸がつかえたように思いながら、またそらへのぼりました。

また一ぴきのかぶと虫が、よだかののどに、はいりました。そしてまるでよだかののどをひっかいてばたばたしました。よだかはそれをむりにのみこんでしまいましたが、その時、急に胸がどきっとして、よだかは大声をあげて泣きだしました。泣きながらぐるぐるぐるぐる空をめぐったのです。

（ああ、かぶとむしや、たくさんの羽虫が、毎晩ぼくにころされる。そしてそのただ一つのぼくがこんどはたかにころされる。それがこんなにつらいのだ。ああ、つらい、つらい。ぼくはもう虫をたべないで飢えて死のう。いやその前にもうたかがぼくをころすだろう。いや、そのまえに、ぼくは遠くの遠くのそらの向こうに行ってしまおう。）

山やけの火は、だんだん水のように流れてひろがり、雲も赤く燃えているようです。

よだかはまっすぐに、弟のかわせみのところへ飛んで行きました。きれいなかわせみも、ちょうど起きて遠くの山火事を見ていたところでした。そしてよだかの降りてきたのを見ていいました。

「兄さん。こんばんは。何か急のご用ですか。」

「いいや、ぼくはこんど遠いところへ行くからね、その前ちょっとおまえにあいにきたよ。」

「兄さん、行っちゃいけませんよ。はちすずめもあんなに遠くにいるんですし、ぼくひとりぼっちになってしまうじゃありませんか。」

「それはね。どうもしかたないのだ。もうきょうは何もいわないでくれ。そしておまえもね、どうしてもとらなければならない時のほかはいたずらにおさかなを取ったりしないようにしてくれ。ね、さよなら。」

「兄さん。どうしたんです。まあもうちょっとお待ちなさい。」

「いや、いつまでいてもおんなじだ。はちすずめへ、あとでよろしくいってやってくれ。さよなら。もうあわないよ。さよなら。」

よだかは泣きながら自分のおうちへ帰ってまいりました。みじかい夏の夜はもうあけかかっていました。

しだの葉は、夜あけの霧をすって、青くつめたくゆれました。よだかは高くきしきしきしと鳴きました。そして巣の中をきちんとかたづけ、きれいにからだ中のはねや毛をそろえて、また巣から飛びだしました。

霧がはれて、お日さまがちょうど東からのぼりました。よだかはぐらぐらするほどまぶしいのをこらえて、矢のように、そっちへ飛んで行きました。

「お日さん、お日さん。どうぞ私をあなたのところへつれてってください。やけて死んでもかまいません。私のようなみにくいからだでもやけるときには小さなひかりを出すでしょう。どうか私をつれてってください。」

行っても行っても、お日さまは近くなりませんでした。かえってだんだん小さく遠くなりながらお日さまがいいました。

「おまえはよだかだな。なるほど、ずいぶんつらかろう。今夜そらを飛んで、星にそうたのんでごらん。おまえはひるの鳥ではないのだからな。」

よだかはおじぎを一つしたと思いましたが、急にぐらぐらしてとうとう野原の草の上に落ちてしまいました。そしてまるで夢を見ているようでした。からだがずうっと赤や黄の星のあいだをのぼって行ったり、どこまでも風に飛ばされたり、またたかがきてからだをつかんだりしたようでした。

つめたいものがにわかに顔に落ちました。よだかは眼をひらきました。一本の若いすすきの葉から露がしたたったのでした。もうすっかり夜になって、空は青ぐろく、一面の星がまたたいていました。よだかはそらへ飛びあがりました。今夜も山やけの火はまっかです。よだかはその火のかすかな照りと、つめたいほしあかりの中をとびめぐりました。それからもう一ぺん飛びめぐりました。そして思いきって西のそらのあの美しいオリオンの星のほうに、まっすぐに飛びながら叫びました。

「お星さん。西の青じろいお星さん。どうか私をあなたのところへつれてってください。やけて死んでもかまいません。」

オリオンは勇ましい歌をつづけながらよだかなどはてんで相手にしませんで

した。よだかは泣きそうになって、よろよろと落ちて、それからやっとふみとまって、もう一ぺんとびめぐりました。それから、南の大犬座のほうへまっすぐに飛びながら叫びました。

「お星さん。南の青いお星さん。どうか私をあなたのところへつれてってください。やけて死んでもかまいません。」

大犬は青やむらさきや黄やうつくしくせわしくまたたきながらいいました。

「ばかをいうな。おまえなんかいったいどんなものだい。たかが鳥じゃないか。おまえのはねでここまでくるには、億年兆年億兆年だ。」

そしてまた別のほうを向きました。

よだかはがっかりして、よろよろ落ちて、それからまた二へん飛びめぐりました。それからまた思いきって北の大熊星のほうへまっすぐに飛びながら叫びました。

「北の青いお星さま、あなたのところへどうか私をつれてってください。」

大熊星はしずかにいいました。

「よけいなことを考えるものではない。少し頭をひやしてきなさい。そういうときは、氷山の浮いている海の中へ飛びこむか、近くに海がなかったら、氷をうかべたコップの水の中へ飛びこむのが一等だ。」

よだかはがっかりして、よろよろ落ちて、それからまた、四へんそらをめぐりました。そしてもう一度、東から今のぼった天の川の向こう岸のわしの星に叫びました。

「東の白いお星さま、どうか私をあなたのところへつれてってください。やけて死んでもかまいません。」

わしは大風にいいました。

「いいや、とてもとても、話にも何にもならん。星になるには、それ相応の身分でなくちゃいかん。またよほど金もいるのだ。」

よだかはもうすっかり、力を落としてしまって、はねをとじて、地に落ちて行きました。そしてもう一尺*で地面にその弱い足がつくというとき、よだかはにわかにのろしのようにそらへとびあがりました。そらのなかほどへきて、よ

*一尺は約三〇センチメートル。

だかはまるでわしが熊をおそうときするように、ぶるっとからだをゆすって毛をさかだてました。

それからキシキシキシキシキシッと高く高く叫びました。その声はまるでたかでした。野原や林にねむっていたほかのとりは、みんな目をさまして、ぶるぶるふるえながら、いぶかしそうにほしぞらを見あげました。

よだかは、どこまでも、どこまでも、まっすぐに空へのぼって行きました。もう山やけの火はたばこのすいがらのくらいにしか見えません。よだかはのぼってのぼって行きました。

寒さにいきはむねに白くこおりました。空気がうすくなったために、はねをそれはそれはせわしくうごかさなければなりませんでした。

それだのに、ほしの大きさは、さっきと少しも変わりません。つくいきはふいご[*1]のようです。寒さや霜がまるで剣のようによだかをさしました。よだかははねがすっかりしびれてしまいました。そしてなみだぐんだ目をあげてもう一ぺんそらを見ました。そうです。これがよだかの最後でした。もうよだかは落ちているのか、のぼっているのか、さかさになっているのか、上を向いているのかも、わかりませんでした。ただこころもちはやすらかに、その血のついた大きなくちばしは、横にまがってはいましたが、たしかに少しわらっておりました。

それからしばらくたってよだかははっきりまなこをひらきました。そして自分のからだがいま燐[*2]の火のような青い美しい光になって、しずかに燃えているのを見ました。

すぐとなりは、カシオピア座でした。天の川の青じろいひかりが、すぐうしろになっていました。

そしてよだかの星は燃えつづけました。いつまでもいつまでも燃えつづけました。

今でもまだ燃えています。

＊1 火力を強めるために用いる送風装置。
＊2 墓地などでうまれる青白い火。

ぽっぺん先生の日曜日

［作］舟崎克彦　［絵］舟崎克彦

「さて、そろそろはじめますか……」

ぽっぺん先生は、講義をはじめるときの口ぐせをつぶやくと、自分の書斎のなかを見まわしました。

ふだんでさえ、書きちらした原稿用紙や研究資料でごったがえしている先生の書斎は、つくりつけの本だなからおろした本の山で、足のふみばもありません。

「こりゃ、まるで古本屋の引っ越しだ」

先生はまあたらしいあずき色のトレーニングシャツとパンツをきて、赤茶けたコルクの床にぺったりとすわりこみ、本の整理にとりかかるところでした。

「それにしても、こいつはいったい、どこから手をつけたものだろう……」

ぬけるようにはれた日曜日の朝です。

いつもなら先生は、万年床にねころがって、ベートーベンでもききながら、本を読んだり、天井のしみをながめて、一日ぐうたらにすごすのでした。

じっさい、この三十八歳の独身の生物学の助教授が、週に一度のたいせつな日曜日をつぶして「労働」に精出すなどということは、メダカが水におぼれるよりもまれなことだったのです。

たまに気がむけば、博士論文の資料をそろえに国立科学博物館の資料室をたずねたり、野鳥の会主催の探鳥会で高尾山あたりまででかけることもありました。でも、そんなことはせいぜい月に一度あるかないかでした。

ところが、その日はちょうど、そのあるかないかの日にあたっていました。先生は四千五百年前のインゲンマメの展示を、新宿のデパートへみにいく予定にしていたのです。けれど、ひにくなことに、あけがた、いやな夢をみてしまいました。書斎の本だなが、本の重みでいっせいにくずれおち、先生はその下じきになって、アンモン貝の化石のように、ぺったんこになってしまったのです。

先生は目をさますなり、インゲンマメの予定を、まよわず本の整理にきりかえました。

　むりもありません。その書斎は生物学博士だった父親からうけついだもので、とめ金のゆるみかけた本だなには、おびただしい蔵書がいまにもくずれおちそうにつみあげられていたのです。そこには、父親がつかっていた皮張りのいかめしい洋書類や、先生自身の集めた専門書はもちろん、先生が子どものころ読んだマンガや図鑑、「おいしい鍋料理」といった母親の本までもがいっしょくたになっていて、本をぬきさしするたびに、ギイギイとろをこぐような音をたててきしむのでした。

　そんな音を耳にしながら、いつも仕事をしている先生の不安な気持が、たぶん、夜明けのおそろしい夢になってあらわれたのでしょう。

　先生は、これをよい機会に、よぶんな本は思いきって、古本屋にひきわたし、近所の大工をよんで、がんじょうな本だなを新しくつくらせるべきだと思いました。書斎は大きくならないけれど、本はこれからもどんどんふえていくはずです。

が、じっさいのところ、修理が必要なのは、本だなばかりではありませんでした。先生のくらしている家そのものが、すでになかなかのしろものだったのです。

それは先生の祖父が明治時代にたてた洋館で、腰折れの赤屋根や、キャラのまるく刈りこんだ植えこみ、玄関さきの石だたみの車まわし、そしてれんがべいにからんでいるツタのまっかに紅葉したようすなどが、外国ふうのしゃれたふんいきをただよわせてはいましたが、じっさいはちょっと大きな台風がくれば、雨もりはする、すきま風は吹きこむというありさまでした。

からくさ模様をぬりこめた洋間の壁や天井のしっくいは、一面に古地図のようなシミが広がり、張りをなくしたゆか板はコルクを打ってはあるものの、上下の物音はつつぬけで、先生が二階の書斎ではなったオナラが、一階の応接間にひびきわたるといったあんばいです。

でも先生は、この家をたてかえたり、ひきはらったりする気はちっともありませんでした。それどころか、この家の古ぼけたところがむしろ気にいっていたのです。

あけはなした東がわの窓からさしこんでくる朝の陽は、窓べに枝をひろげているケヤキのこずえのモザイク模様を、かびくさい本でごったがえしている床一面になげかけています。

休日の、なんとなく気のぬけた朝。そのまぶしい日だまりに身をおいていると、先生は小学生のころにあともどりしたような気分になってくるのでした。あのころは学校がひけて帰ってくると、父親の書斎だったこの部屋によくしのびこんで、床にクレヨンでいたずらがきをして遊んだものです。

先生がそんな思いにひたっていると、床に落ちているケヤキの枝影に、どこからともなく一羽のシジュウカラの影が飛んできました。

「ツーピー。ツーピー」

そのシジュウカラは、先生が窓べに出してやるピーナッツを食べに、毎日かかさずすがたを見せるのです。先生は仕事机の足に背中をもたせかけて、山と積んである本の上の鳥影をぼんやりとながめました。じつのところ先生は、ど

こから手をつけたらよいかわからない書斎のありさまに、いいかげんうんざりしていたのです。

シジュウカラは、窓べのさらの上で頭とシッポをポンプのように上下させながら、ピーナッツをつついているようすでしたが、しばらくすると、またケヤキの枝に舞いもどりました。そして細長いシッポでこきざみにリズムをとりながら、網の目のように床に広がっている枝影を飛び移りはじめました。

先生がなにげなくその動きを目でおっていくと、鳥影はカバ色の表紙の「生物学大系」という本の上をわたり、「原色動物大図鑑」をとびこえ、「爬虫類の生態と進化」の横をすべって、わきにちらばっている雑誌や古本の上にスーッとおちました。

そうして古雑誌の上をせわしなくピョンピョンと飛び移っていくと、やがていごこちのよい枝をみつけたのでしょう、一さつのうすっぺらな古本の上におちついて、のんびりと羽根づくろいをはじめました。

ほこりまみれで白っぽくなったその本の表紙には、「なぞなぞのほん」と書いてあるのがぼんやりと読みとれます。おそらく、先生が小学校にはいるかはいらないかのころに読んでいた絵本なのでしょうが、物持ちのよい母親が捨てかねて、本だなのすみっこにそっとしまいこんでおいたものにちがいありません。なにしろ先生の母親ときたら、関東大震災のときにどこかからころがってきた石を、いまもタクアン石にして使っているという人なのです。

床の上には、「なぞなぞのほん」のほかにも、「いろはのほん」とか、「たのしいのりもの」とかいった絵本が、やはりほこりまみれになってかさなりあっていました。

ついさっき、本だなから本をおろしたときには、そんなむかしの本がいっしょにまぎれこんでいたことなど、少しも気がつきませんでした。

「なぞなぞの本ねえ……」

先生は、自分がちいさいころどんな本を読んでいたのか興味をひかれてこしをうかすと、その絵本を手にとりました。

紙が悪いのでしょうか、それともふりつもったほこりのせいでしょうか、三十何年も前の本は四すみがすりきれてボロボロにほぐれています。

表紙には、中央に大きな円がひとつ描かれており、放射線でいくつかのコマにくぎられた円の内がわには、鳥やらカボチャやら洋服やら、とりとめのない図柄がまちまちに印刷してあります。が、かつては七色の色彩でいろどられていたはずの表紙は、時の流れにすっかりその色を洗われて、みょうに白茶けて見えました。

「ほほう。こりゃあ相当なものだ」

先生は黒いべっこう縁の、時代おくれしたまるいめがねを右手でずり上げると、ガサガサした手ざわりのボール紙の表紙

をめくりました。

そこは一ページ目にはいる前の見返しのページで、アワダチ草の花の模様が、一面に印刷してあります。表紙の絵よりはいくらかましですが、その色もひどくあせていて、黄色だったはずのアワダチ草の花々は黒ずんだこはく色に変色しています。

先生はページの上にうっすらとつもっているほこりを落とそうとして、本に顔を近づけると、口をとがらせてフッと息を吹きかけました。

と、そのとき、ページのすみっこでアワダチ草の一りんがちいさくゆれました。いいえ。ゆれたような気がしただけなのかもしれません。先生はここのところ乱視の度が進みはじめているので、めがねをかけていても物がブレて見えることがあるのです。

先生はいったん、めがねをはずすと、もう一度しっかりと鼻の上にかけなおして、よくよくアワダチ草の絵をみつめました。

すると今度は、今までぼんやりとあせていた花々が、とつぜん目のさめるような山吹色をおびたかと思うと、窓の外から吹いてきた風にこたえて、いっせいにさやさやとそよぎだしたのです。

「おっ。おっ……」

先生は声にならない声をあげると、絵本をつかんだまま思わず立ちあがりました。

ペリカンのくちばしには、なぜふくろがついているのでしょう。

気がつくと、ぽっぺん先生はいつのまにか、黄色い花穂をいっぱいにつけた、オオアワダチ草の、背よりも高い草原の中に立っていました。その名のとおりクリームをあわだてたような花々の間からは、かげろうが、淡い青空に向かって、ほのおのようにゆらゆらとのぼっています。

そして、つい今の今まで先生の目の前にあった大きな本だなも、古本の山も、仕事机も、いいえ、あの古めかしい書斎そのものが、一しゅんのうちにかき消えているではありませんか。

「こりゃ、いかん」

先生はあわててめがねをはずすと、トレーニングシャツのすそで、くもったレンズをごしごしとこすりました。

けれど、いくらレンズをこすって目をこらしてみても、自分をとりまいているのがアワダチ草のしげみであることにかわりはありません。それに、いくら乱視が進んでまわりのものがブレて見えるといっても、書斎の中とアワダチ草のしげみを見まちがえるほどひどくなってはいないはずです。

先生はしばらくの間、ポカーンと口をあけてあたりを見まわしていましたが、「こりゃいかん」ともう一度つぶやくなり、とつぜん「こ、き、くる、くる、くれ、こい」と国文法の動詞の活用をとなえだしました。

もしかしたら、ブレているのは目ではなく頭のほうではないかと心配になったからです。

先生はやがて上一段活用、下一段活用、サ行変格活用をぶじ終えると、こんどはABCをXYZまで、「あいうえお」から「わゐうゑをん」まで、はては自分の家の住所から電話番号、くつのサイズから大学にあるトイレットの数まで、思いつくものなら何でも、てあたりしだいに数え上げてみました。が、べつだん先生のほうにおかしいところがあるとも思えません。

だとすると、これはいったい、どういうことなのでしょう。

先生は二年ほど前の秋、望遠レンズつきのカメラをぶらさげて、ひとりで荒川放水路の下流をおとずれたときのことを思い出しました。日本にはめずらしいエリマキシギがそのあたりにすがたを見せるらしいといううわさを、日本鳥学会の会合で聞いて出かけたのです。

けれど、いざ行ってみると、かんじんのエリマキシギはいっこうにあらわれず、どこまでもひろがったこのアワダチ草のしげみが川風にゆれているばかりでした。

「もしかすると、ここは荒川放水路のあた

りじゃないかしら」

先生は考えました。

しかし、それにしては、荒川の水のすえたようなにおいもなければ、新葛西橋の上を行きかう車の音も、汚水処理場の高いえんとつもありません。

先生はそのときふと、つい今しがたまで持っていた絵本が自分の手から消えているのに気がつきました。

おどろいたひょうしに落としてしまったのかと足もとを見まわしましたが、どこにも見あたりません。自分の両足を包んでいるまがいもののアンゴラの茶色いスリッパが、アワダチ草の根もとのミズゴケをふん

で、ぐっしょりぬれているだけです。

「はてな……」

先生は顔を上げると、もう一度アワダチ草ばかりの風景をながめました。

「待てよ……」

先生は腕組みをしてしばらくの間、何ごとか考えこんでいましたが、とつぜんムッとした顔つきになると、

「じょうだん言っちゃいけない」

と言いました。

「絵本がなくなって、あたりが絵本の風景にかわっているということは、この私が絵本の中にはいっちまったということになるじゃないか」

先生は、いまいましそうにぐしょぬれのスリッパのさきっちょをにらみつけていましたが、いきなりばかでかい声をはり上げて、

「バアサン、バアサン!!」

階下の茶の間でテレビのメロドラマを見ているはずの母親をよびました。

けれど先生のひきつったようなうら声は、かげろうといっしょに、うららかな青空の中へすいこまれてゆくばかりです。

　先生は、書斎の床の上に開かれた色あせた絵本の一ページから、声にならない声をはり上げて助けをもとめている自分のすがたを頭の中に思いうかべると、自分自身とかたを組んでわらいだしたいような、うしろから思いっきりしりをけとばしてやりたいような気分になるのでした。

　先生はしばらくの間、母親があらわれて自分をページの中から引っぱり出してくれるのを待っていましたが、やがてそれもむだらしいとわかると、

「ようし、わかった」

と、何がわかったのか、口をへの字に結んで、トレーニングシャツのそでをぐいとまくり上げ、アワダチ草のたくましい茎や葉をかきわけながら、あてずっぽうにずんずん歩き出しました。

　この絵本の中を最後の一ページまで歩いて行けば、いくらなんでも外の世界へ出られるだろうと考えたのです。どうせうすっぺらな絵本のことです。そん

なに広いはずがありません。おとなならば、たったの一分か二分で読み終える程度の本ですから、たかが知れています。

先生はそう心をきめると、いくらか気が軽くなって、ちょうしっぱずれの口笛を吹きはじめました。

「ああ、それにしても、こんなことになるんだったら」

先生は水をすって、足のうらにベタベタとくっついてくるスリッパを、気色悪そうに引きずりながらつぶやきました。

「スリッパをせめてつっかけにはきかえて来るんだった」

先生は正式な席に呼ばれているときでもないかぎり、たいていは皮製のつっかけをはいて外出する習慣になっていました。それは五年前に水虫にかかったときにはじまって、すっかりなおった今でも続いているのです。

近所に散歩に行くときも、大学へ講義に出かけるときもそのつっかけです。じつを言えば、ぽっぺん先生というちょっとかわったあだ名の由来は、ペコンペコンとつっかけのかかとを鳴らして歩く先生の足音が、ぽっぺんの音そっくりだったことからきているのです。

ついでにつけ加えれば、ぽっぺんとは、息をふきこむとペコンペコンと音を出すしかけになっているフラスコによく似たガラス製のおもちゃのことです。

そんなわけで、講堂の廊下をぽっぺんの音を立てながら歩いていくぽっぺん先生のすがたは、いまや校内の名物になっていました。

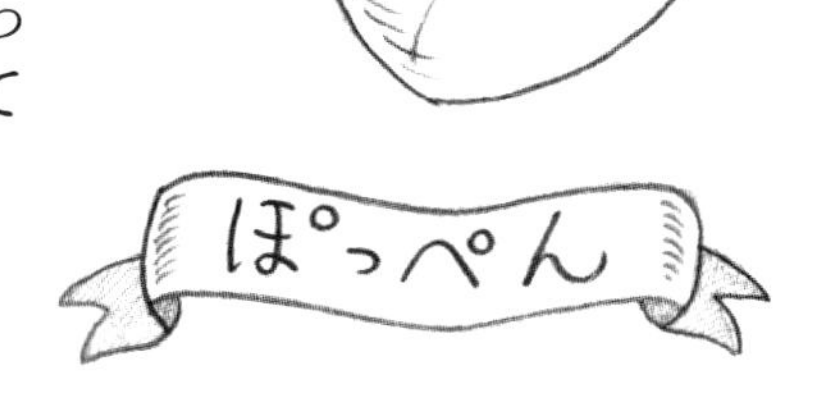

さて、オオアワダチ草の草むらは、どこまで行ってもつきることがないように思えました。そのうえ、二メートル以上もあろうかという草のおかげで、一メートル六十五センチの先生にはまるで見とおしがきかないのです。
どこまでこのたいくつな風景が続くのか、見当もつきません。
「まあ、今日の昼飯までに帰れればいいさ」
先生はできるだけのんびりした口ぶりで自分に言いきかせました。

「昼のおかずは好物のけんちん汁だからな」

けれどほんとうのところ、先生の心の中はタマネギの皮をむくサルみたいにいらいらとおちつきませんでした。

今歩いているこの本の中に、いったいどんなバケモノがかくれているのか、さっぱり見当がつかないうえに、最後のページまで一直線に歩くことができるのならともかく、うっかりすると同じページの中をいつまでも堂々めぐりするはめにならないともかぎりません。

またこれからさき、自分が何ページ目を歩いているのか、そのめやすがぜんぜんわからないというのもこまりものです。

先生の口笛はだんだんとしどろもどろになってきました。

「まあ、あしたの学部会議にまにあえばいいさ」

先生はふたたび心に言い聞かせました。

先生はあすの会議で、鉄仮面というあだ名でとおっている地学の鴨ノ橋教授から、ロブロ・フォン・マタチッチの演奏会の切符を分けてもらうことになっていました。じっさいそんなうまい話でもないかぎり、集まりごとのにがてなぽっぺん先生にとって学部会議などあくびをするために出席するようなものだったのです。

先生は演奏会のことを思い出すと、またいくらか気をとりなおして、マタチッチがアンコールにこたえてよく演奏するメンデルスゾーンの「魔女の歌」を口ずさみながら、アワダチ草をかきわけ、おしたおし、ふみしだいて、大またに歩きだしました。

「ツバメが飛び、春が花冠を編む花々をささげているよ。さあ、ドアから飛びだしてブロッケン山で開かれる魔王さまの春の宴に出かけよう」という「魔女の歌」は、これから何があらわれるか想像もつかない世界に、やけっぱちでふみこんでいく先生の気持そのものでした。

けれど、もし近くで先生の歌声を聞いている人がいたら、それがまさかあの華麗な名曲だとは夢にも思わなかったでしょう。ぽっぺん先生は、中学校時代の音楽の先生に言わせれば、「うっとりするほどのおんち」だったのです。

先生が一歩行くごとに、左右のアワダチ草の黄色い花粉が吹雪のように行く手をふさぎました。

と、舞いちる花粉の向こうがわに、先生はちらっと人影がよこぎって行くのを見かけました。

緑色のチロル帽のようなものをかぶった少年のすがたが、行く手のアワダチ草の葉かげを、かげろうにゆれながら、いっしゅん、左の方へ歩きさって行ったのです。

「お、おい、君。ちょっと待ちたまえ」

先生は大声で呼びとめると、草のしげみをなぎたおしながら、サイのようにがむしゃらに突進していきました。けれど人影のあったあたりに来てみると、そこにはだれもいません。いままでと同じような湿地とアワダチ草の草むらが広がっているばかりです。

「………？」

先生は首をかしげました。ほんとうにだれかが歩いて行ったのなら、草を分けて行ったあとか、地面の上に足あとが残っているはずです。しかし、それもないというのは、アワダチ草の花を少年の顔と見まちがえたのでしょうか。

それでなくとももこのかげろうです。物のかたちがいろいろに見えるのは乱視のせいばかりとはいえないでしょう。

「ばかにした話だ」

先生ははらだたしそうにつぶやきました。そして今度は、人影の消えていった方へ向かってしかたなさそうに歩いていきました。

すると、まるで先生の歩みに合わせるように、行く手の草むらから、のどかなチャイムの音が鳴りひびいてきました。

「………」

先生は思わず立ちどまると、とっさに大学食堂のハンバーグライスとみそ汁とお新香を思いうかべました。キンコンカーンというそのチャイムは、大学のお昼休みを知らせるチャイムとまったく同じ音だったからです。

先生は耳をそばだたせると、足音をしのばせながら注意深くアワダチ草を分けて行きました。

「キンコンカーン。キンコンカーン」

チャイムの音はだんだんと近づいてきます。それと同時に、チャイムにまじってしわがれ声のひとりごとも聞こえてきました。

「ああ、じつにばからしい話じゃわい。まったくそのとおりじゃ。ばからしいという点では何もかもまったくそのとおりにばかばかしいんじゃや、キンコンカーン」

先生は声のすぐまぢかまでくると、こしをかがめてアワダチ草の花影から向こうをのぞきました。

するとそこには、アワダチ草の草むらをつきぬけて巨大なショクダイコンニャクが一りん、ろうそくをむぞうさに紙でくるんだような花をいきなり地面から咲かせており、その根元には、かげろうに包まれて一羽の桃色ペリカンがうずくまっていたのです。あたりには、ショクダイコンニャクのニカワとニンニクをこねくりまわしたような匂いがただよっています。

先生はペリカンのすがたを見るなり、どうやら一ページ目にたどりついたらしいことを知って、ホッと胸をなでおろしました。それよりも、一ページ目の主人公が放射能を口からはく怪獣でなかったことはなによりでした。

「やあ、こんにちわ」

先生はかき集めた枯葉の上でじっとしているペリカンに声をかけました。

するとペリカンは、アコーディオンのようにシワだらけのまぶたを重たそうにあけ、灰色の大きなひとみで先生を見上げるとあいさつを返しました。

「やあ、おまえさん、さようなら。キンコ

ンカーン」

しゃべるたびに、何やらたくさんつめこんでありそうなくちばしのふくろがゆさゆさと動きます。キンコンカーンはどうやら、そのボテボテとふくらんだふくろの中から聞こえてくるようでした。

「さようなら？　私たちは今あったばかりですがね……」

先生がそう言うと、ペリカンは陶器のようにつややかで重々しいつばさを背中の上でたたみ直しました。

「なに、会うはわかれの始めじゃ。キンコンカーン」

「ごもっともです」

先生はあっけにとられて、桃色のうぶ毛の下に地肌のすけて見えるペリカンの頭をながめました。

「ところでちょっとおたずねしたいんですがね」

先生はショクダイコンニャクの赤茶けたぶあつい花のへりにこしをかけました。

「ここはなぞなぞの本の一ページでしょうね」

「そうじゃよ。見わたすかぎりの一ページじゃ、ばかばかしい」

ペリカンは重たげなまぶたをシャッターのようにとじました。

「ああ、やっぱりそうだったんですか。世の中には信じられないようなことがおこるものですねえ」

先生はしみじみとつぶやきました。

ペリカンはそんな先生のようすを、大きな灰色の目をむいてながめていましたが、やがて
「おまえさん、どこからやってきなすった」

とたずねました。

「書斎からですよ」

先生は答えました。

「書斎という絵本の中から来なすったか、キンコンカーン」

とペリカンです。

「ちがいますよ。書斎からこの絵本の中へやって来たんですよ。やって来たというより、むりやり引っぱりこまれた、という感じですな」

それを聞くとペリカンは、水道管のような細い首をもたげて、しわがれたわらい声を上げました。それからすぐに、気むずかしそうな顔つきにもどると、

「そりゃあ何とも言えんな、キンコンカーン」

とつぶやきました。

「それはどういう意味です」

先生は何だか心細くなってきて、ショクダイコンニャクからこしをうかせました。

ペリカンは言いました。

「つまりおまえさんは絵本の一ページからほうり出されて、ワシのいる一ページの方へ飛びこんで来たのかもしれん、ちゅうことじゃよ。ばかばかしい」

「ちょっと質問させてください」

先生は右手を上げて立ち上がると、ペリカンのことばをさえぎりました。

「君はそれじゃあ、私が今までずっと暮らしてきたところが絵本の中だとでも言うんですか」

「言ったら悪いかね、キンコンカーン」

ペリカンは首をS字型にすくめると、また静かに目をつぶりました。

「べつに悪いことはありませんがね」

先生は言いました。

「しかし考えてもごらんなさい。いいですか、私の家はじまんじゃないが、明治時代からこのかた、ずっとあの土地の上にたっているんですよ。おまけにその土地はこの世に絵本なんかがあらわれるずっと以前から、ちゃあんと地球の上に乗っかっていたんですからね」

「じゃが、おまえさん。絵本にも、絵本ができるよりずっとむかしのことを描いたものだってあるじゃろが、キンコンカーン」

「ワッハッハッハ」

先生は思わず大きな声を立てて笑ってしまいました。けれど先生には、何がおかしくて笑ったのかさっぱりわかりませんでした。たぶん、あんまり頭がこんがらがってきたので笑いでもするよりほかにしようがなかったのでしょう。

「君」

先生は真顔にもどると、ペリカンの前につかつかと歩み寄りました。

「君、絵本にはかならずそれを描いた絵かきという者がいるんですよ。君の言うとおりだとしたら、私は紙の上に印刷された人間の絵なんですかね」

「かもしれんじゃろ。ばかばかしい」

ペリカンは細い目で先生を見ると、ゴロゴロとのどを鳴らしました。

「私はけんちん汁も食べれば、パチンコもやりますよ。自転車には乗れないが、南京豆を鼻の上で立てて見せることだってできるんだ。それもこれもみんな絵の中のできごとだって言うんですか」

「じゃが、おまえさん、ワシだって、ものも食べれば空も飛ぶよ。おまえさんと同じことじゃろが、キンコンカーン」

ペリカンは、ボートのオールによく似たくちばしを先生の方に向けると、そのつけ根に並んでいる細長い鼻のあなから、ふーっとため息をもらしました。

先生は、何か言おうとして思いとどまると、またショクダイコンニャクのへりにこしをおろしました。

うずくまっているへんくつな桃色ペリカンを目のまえにして、かげろうにゆらめくオオアワダチ草のしげみや、ショクダイコンニャクのすえたような匂いに包まれているうちに、先生は自分が今いる世界が本物で、今までいた世界が絵そらごとだったのかもしれないという気がしてきたのです。

あの古ぼけた家に生まれて、古めかしさといっしょに育ってきた三十八年の年月こそ、ほんのつかの間の夢で、まぎれこんだ絵本の中の世界こそ現実だったのではないでしょうか。

時代の流れにたえてにぶく黒光りしている柱や階段の手すり。階段の踊り場の上の明かり取りにはめこんであるミミズクと三日月をかたどったステンドグラス。しじゅう遅れたり止まったりしている寝室のカッコウ時計。

さらに屋根裏に住んでいるコウモリたちから、今はない先生のお父さんが何よりもたいせつにしていた金の背表紙の「進化論」、そしてそのもくじを走る紙魚の一ぴき一ぴきにいたるまで、すべてはいっしゅんのうちに見た幻だったのかもしれません。

いいえ、もしかしたらペリカンの言うとおり、三十八年の年月も、今いるこの草原も、そのどちらもが絵そらごとで、現実の世界などというものはどこをさがしてもみつからないのかもしれないのです。

「自分がどこにおるのかなどと、じつにばかばかしい。そうとも。ばかばかしくもばかばかしい話じゃ」

ペリカンが言いました。

「そんなに何もかもばかばかしいんだったら、なんでよりによってこんなしめっぽい所にじっとしているんです」

先生が言うと、ペリカンはおでこにシワを寄せて先生を見上げました。

「ここにいるのもばかばかしいということは、よそへ行くのもばかばかしいということじゃて」

「しかし私はこんな所でばかばかしい思いをしているよりは、よそでばかばかしいめにあっていたほうがまだましだと思いますね」

先生は頭の中にくすぶっているモヤモヤをふりはらうように言いました。絵本の中だろうとアンチョコの中だろうとかまいません。どちらかを選ぶとすれば、先生はまようことなく書斎のほうの絵そらごとを取るのです。

「けんちん汁はあきらめるとしても、マタチッチだけにはなんとかまにあいたいですからね」

先生が言うと、ペリカンはぎんなん型の目玉をぎょろりとむきました。

「おまえさん。そんなにさきを急ぎたいとな」

そして大きなくちばしをとつぜんひろげると、重々しく地面の上にのしかかっているふくろの中につばさの先をつっこんで、何やらさがし物をはじめました。

のぞきこんでみると、ふくろの中には世界地図や辞典、灰ざらやランプ、黒曜石の置き時計、手鏡や万年筆などがごちゃごちゃにつめこんであり、それらの品物の間からは箱型の小さなチャイムがかすかに頭をのぞかせて、ペリカンが荷物をかきまわすたびに「キンコンカーン」と鳴っています。

「ずいぶんはいっているものですなあ……」

先生はすっかり感心してうなりました。

「ペリカンのふくろには十一リットルの水がはいるという学会の報告を読んだことがありますがね、君のはたぶん新記録ですよ。このぶんでは、二十リットルはかるいでしょうな」

ペリカンは先生をうるさそうに横目でながめながら、しばらくの間ゴソゴソやっていましたが、やがてふくろの底の方から、白ペンキのはげかかった三十センチくらいの道しるべを取り出しました。

「今、おまえさんに必要なのはこれじゃろが」

ペリカンがショクダイコンニャクの根元に立てかけた道しるべを見ると、そこには「あっち側」「こっち側」と書いた二まいの矢印の板がうちつけてあります。

先生はまず最初に「あっち側」と書いてある方をながめ、次に「こっち側」と書いてある方をみまわしました。

けれど、どちらの方向にも、かげろうにゆがんでいるアワダチ草の花々しか見えません。

「これじゃあ、なんにもわかりませんな」

先生は不服そうに言いました。

「どちらの方向にもなんにもないってことは、どちらの方向もさしていないのと同じことですよ」

するとペリカンは、

「あいや失礼、失礼。これはじつはこうであったよ」

と言って道しるべをくるりとまわし、「あっち側」を「こっち側」へ、「こっち側」だったのを「あっち側」へ入れかえました。そしてさも満足そうにうなずくと、ふたたび深々と枯葉の上にうずくまりました。

「ねえ、ちょっと、君」

先生はじれったいのを通りこして少々腹が立ってくると、やわらかな羽毛に包まれたペリカンのわき腹を指先でつつきました。

「私が知りたいのはですね、つまり『あっち側』には何があって『こっち側』には何があるかっていうことなんですよ。私は真剣なんです」

「そうじゃろうとも。まったくそのとおりじゃ、ばかばかしい。そりゃ『あっち側』にはあっち側の義理があり、『こっち側』にはこっち側の人情があるというもんじゃ」

「いや、つまりねえ」

先生は向こうむきになっているペリカンのくちばしをにぎって、こちらに引き寄せました。

「私が行こうとしている二ページ目は『あっち側』にあるのか『こっち側』にあるのか、いったいどっちなんです」

するとペリカンは、先生のことばが終わるか終わらないうちに、

「あいや失礼、失礼。これはやはりこうであったよ、キンコンカーン」

と言って、またさっきのように道しるべをなおすと、

「これでよかったのじゃ」

とうなずきました。

「つまりあっちへ行けばあっちの二ページ目が、こっちへ行けばこっちの二ページ目があるということじゃわい、ばかばかしい」

「ということはどっちへ行っても二ページ目にたどりつけるということですね」

先生はペリカンのくちばしの先をもって今度は念をおすように上下にゆさぶりました。

「そのとおり。じゃが、ちょっと待ちなされ」

ペリカンは先生の手をふりほどいて言うと、またくちばしをあけて、ふくろの中を手さぐりしはじめました。そしてつかみ出してきたのは、虫くいだらけの「方位学大全」というぶあつい本でした。

ペリカンはもったいぶったしたり顔で、その黄ばんだページをパラパラとめ

くると、やがて二百五十一ページの「方位学吉凶早見」という所で目をとめました。そこにはページいっぱいに八角形の表が書いてあり、こまかく分かれた欄の中には、三碧だとか一白だとか、めんどうくさそうな字がちらちらしていました。

ペリカンははじめに「あっち側」の方を向いて表と見くらべていましたが、先生の方に向き直ると、

「おまえさん、あっちがわへ行くのはおよしなされ、キンコンカーン」

としわがれ声で言いました。

「あっちがわはまずいことに鬼門じゃよ。鬼が出はいりする方向じゃからやめたほうがよろしい」

「私は方位学なんて信じませんよ」

先生はあきれ顔で言いました。

「でもせっかくそう言うのなら『こっち側』から行けばいいでしょう」

そして長居は無用とばかり、「こっち側」の方へ向かって歩き出そうとしま

した。するとペリカンは、びっくりするほど強い力で先生のシャツを引っぱりました。

「こっちがわもいかんよ、おまえさん」

「どうしてです」

先生は口をとんがらせてたずねました。

「こっちがわは裏鬼門じゃよ、キンコンカーン」

「やはり鬼が出はいりしているんですか」

「そのとおりじゃ、キンコンカーン」

「ばからしい」

先生はめがねをはずして指先でくもりをぬぐいました。

「そんな迷信をいちいち気にしていたら、どこへも行けないじゃありませんか」

先生はスリッパにこびりついているミズゴケを、いらだたしそうにショクダイコンニャクの根元になすりつけました。

「いいや、どうして、迷信とばかりは言えないよ、おまえさん」

ペリカンはびっくりするほど真剣な、底光りのする目を先生に向けました。

「おまえさんはまだ若いからばかにするかもしれんが、易学というものも、そうすてたものではないんじゃよ。げんに易学に言う不吉な家相、左住居の左勝手、西向きかまどの北口便所の家で栄えておるためしがないんじゃ、キンコンカーン。どれもこれもおもしろいようにほろんどるよ。じゃから、おまえさんもワシの言うことを少しは信用して、二ページ目へ行こうなどというくだらない考えをおこさんことじゃ」

「じょうだんじゃない」

先生は飛びあがりました。

「こんなジトジトした所に一生いるくらいなら、コンニャクを食べすぎて死んだほうがまだましですよ。せっかくよくなった水虫が再発したらたまりませんからね。そんなに鬼門にこだわるんだったら方違えをして行けばもんくはないでしょう。いったんよその方角へ出てから『あっち側』か『こっち側』の道へもどれば鬼門をさけて行けますからね」

先生はひと息にまくし立てました。するとペリカンはまた、「方位学大全」を目にもとまらぬ早さでめくりはじめると、三百六十五ページの「吉凶神方位解説」というところに目をおとしました。そして、重たそうな首をゆっくりと左右にふりました。

「むだなことじゃね。およしなされ、キンコンカーン」

「どうしてです」

「『あっち側』と『こっち側』以外の所には厄病神がかけずりまわっておるよ。アリのはい出るすきまもないわい。まったくもって八方ふさがりじゃよ、ばかばかしい」

先生は、ペリカンがあまりにもまじめな顔つきでしゃべっているので、何となく不安になると、あたりをキョロキョロと見まわしました。けれどそこには、さっきの道しるべのときと同じように、アワダチ草の明かるい花々がたなびいているだけで、厄病神がかけめぐっている気配など、もちろんありません。

「何だってあなたは人を不安にさせるようなことばかり言うんですかね。だあれもいないじゃありませんか。それに『あっち側』にも『こっち側』にもべつだん鬼が出はいりしているようすはないようですがね」

先生はふくれっつらをしてペリカンをふり返りました。

すると、今までぶあいそうな顔をしていたペリカンが、先生と目のあったひょうしに大きな口をあけてニイッと笑いました。

「おまえさん、そんなに二ページ目に行きたいかね」

「もちろんですよ」

先生は答えました。

「それじゃあ、このなぞなぞの答えをといてみるがよかろう」

ペリカンはそう言うと、なにやら聞きとりにくい声でぶつぶつとつぶやきはじめました。

「ちょっと、ちょっと!!」

先生は、悪ふざけとしかいいようのない、たびたびのペリカンのやり方に、がまんしきれなくなってさけびました。

「なんだって今さらここでなぞなぞ遊びなどしなければならんのです」

先生はもうちょっとのところで、ペリカンの肥ったおなかをけとばしそうになるところでした。

「ここは何の本の中じゃったかお忘れか、おまえさん」

　ペリカンは先生をうさんくさそうに見上げました。

「ここはなぞなぞの本の中じゃろが。ということはじゃ、一ページ目のなぞなぞをとかなければ、二ページ目に行くことはできんのじゃ。二ページ目のなぞなぞをとかなければ、三ページ目に行けん。ひとつでもなぞがとけなければ、永遠にこの本からは出られんということをようくおぼえておきなされ、キンコンカーン。もしなぞときをしながら先へ進んで行くのがおっくうならば、えんりょはいらんからここでのんびりしていくことじゃな」

「なぞなぞをうかがいましょう、なぞなぞを」

　先生はペリカンのことばをさえぎりました。

「そうかね。じゃ、よろしいか」

ペリカンはちらりと先生の横顔を見やると、さっき言いかけたなぞなぞをもう一度最初からつぶやきました。

「ペリカンのくちばしには、なぜふくろがあるのでしょう。これが一ページ目のなぞなぞじゃろ」

「なんだ、そんな問題ですか」

先生はなぞなぞを聞くなり、きゅうに晴ればれとした顔になりました。

「そんなことだったら私の専門ですよ。答えは魚を水からすくうためと、すくった魚を貯蔵しておくためです」

「ぜんぜん、なっとらん」

先生の答えを聞くと、ペリカンは不愉快そうな顔で首をふりました。

「おまえさんの言っとるのはりくつじゃ。なぞなぞの答えとはほど遠いよ、キンコンカーン」

「うーむ。それじゃあ、ふくろがないと頭が軽くなりすぎて、からだのバランスがとれなくなるから」

「まだまだ」

「じゃあ、空から落ちそうになったとき、空気をいれてふうせんのかわりにするんだ」

「少しましになってきたぞ、おまえさん」

「おぼれたときの浮き袋にするため」

「もうひと息」

「じゃあ、ふくろがなければペリカンでなくなるから」

「そりゃひどい」

先生は思いつくより先に、次から次へといいかげんなことを口に出しました。けれど、どれもこれもはずれです。初めのうちは必死に意気ごんでいた先生も、だんだんしぼり出す知恵がつきてくると、

「もうかってにしてください」

と大げさなため息をひとつついて、ショクダイコンニャクのふちにどすんとこしをおとしました。

生物学の助教授ともあろう人が、「ペリカンのふくろはおぼれたときの浮き袋」などと大まじめで言わなければならないなんて、何となげかわしいことでしょう。先生は腹立たしいのを通りこして、女学生のように、その場につっぷしてワーワーと泣きたくなってきました。

するとそのとき、先生は自分の足もとにどっかりとすわりこんでいたペリカンが、少しずつかげろうのたなびきの中にかききえて行こうとしているのに気がつきました。

「おや。ちょっと、ちょっと。困ったな」

先生はこしをうかせると、あわててペリカンのからだにしがみつきました。ここでペリカンに見捨てられてはたいへんです。けれど、あのでっぷり肥った重々しいペリカンのからだは、今や蒸気のように先生の腕や指の間をふわりふわりとすりぬけて行ってしまうのです。

「まあそこでゆっくりと考えていることじゃて。そうとも、じつにばかばかしい話じゃわい」

蜃気楼のようになったペリカンは、やがて大きなつばさを広げると、首をこごめたままアドバルーンのようにショクダイコンニャクの根元から舞い上がりました。そして何度も何度もジャンプする先生の指先をかいくぐって右に左にゆがみながら、みるみるかげろうの中にとけこんできえてしまったのです。

あとには「キンコンカーン」という気のぬけたチャイムの音が、みょうにひび割れて聞こえてくるばかりです。

「ああ、きえちまった……」

先生はがっくりくると、今の今までペリカンがすわりこんでいたぬくもりの残っている枯葉の上にへたりこんでしまいました。

「ペリカンのくちばしにはなぜふくろがついているのでしょう、か……」

先生はベールをかけたような頭上の青空を見上げると、ひたいの汗をぬぐうためにトレーニングパンツのポケットからハンカチを出そうとしました。けれど、こんなところへ旅行するなどとは思ってもいなかったので、ポケットの中はからっぽです。小銭一まい、はいってはいません。

「これじゃ、汽車にも乗れやしない」

先生はおしりのポケットを上からポンとたたきました。

「ペリカンみたいにふくろがあって、いろんなものをいつもしまっておけたら、こんなときには便利だろうなあ」

待てよ……。先生はそのとき、ふとあることに気がつきました。

「『ペリカンのくちばしには、なぜふくろがついているのでしょう。』その答えは『ポケットがないからです。』今度はどうだ」

先生が言ったとたんです。今まで十重二十重にとりかこんでいたオオアワダチ草や、目の前のショクダイコンニャクが、ゆらゆらと立ちのぼるかげろうといっしょにゆがみくねりながらきえて行きました。するとまるでどんちょうが上がって舞台がかわったように、その向こうにものさびしい廃墟の風景が広がっていたのです。

風切る翼

[作] 木村裕一

[絵] 須山奈津希

それは、夕暮れどきの一瞬のできごとだった。

若いアネハヅルの群れが、キツネにおそわれたのだ。

ツルの群れは、パニックになる。

気がつくと、一羽のなかまのいのちが、失われていた。

その一羽は、まだ幼い鳥だった。

モンゴルの草原の、うずまく風のなかで、きずついた群れは、無言の夜をむかえた。だれの心のなかにも、後悔がうずまいていた。

あのとき、もっと早くにげていれば……。

あのとき、すぐキツネに気づいていれば……。

二度ともどらないいのちへの思いは、どうどうめぐりをつづけ、くやしさだけがつのっていく。

その思いのはけ口など、どこにもない。

「あのとき、だれか、はばたいたよな。」

だれかが口をひらいた。

「クルルがカララにえさをとってやったときか？」

クルルは、ときどき、体の弱いカララに、とったえさをわけてやっている。

「キツネに気づかれたのは、そのせいだよ。」

「あんなときに、えさなんてわけるんじゃないよ。」

「オレは前から、ああいうクルルが気になってたんだ。」

いかりのもっていき場が見つかったとばかりに、みな、口ぐちにクルルにきびしいことばをぶつけてくる。

（あのときはばたいたのは、オレだけじゃない。キツネは、その前からねらっていたんじゃないのか。カララにえさをあたえたことと、ほんとうに関係があるのか。）

そんないいわけなど、おしつぶされそうな雰囲気に、クルルはだまるしかなかった。

そのときからクルルは、まるで、なかま殺しの犯人のように、あつかわれるようになった。だれひとり、かれの味方はいない。

カラでさえ、だまってみんなのなかにまじっている。

なかま、友達、今まであたりまえだったもののすべてが一変した。みな、かれに背をむけ、口をきくものさえ、だれもいない。

クルルの気持ちなど、だれひとりわかろうとしないのだ。

友達もなかまも、なにもかもが信じられない。

たった一羽でいるしかなくなった、みじめな自分。

クルルはそんな自分をせめた。

風のなかを飛ぶ自分の翼の音すら、みっともない雑音に聞こえる。

「あのとき、どうしていい返さなかったんだ。みんなとうまくできない自分がくやしい。こんな自分がいやだ。自分の顔、自分のあし、自分の翼、みんないやだ。」

クルルは、みんなと飛ぶことがつらくなってきた。

ある朝、クルルは飛べなくなっていた。

いつものようにはばたいているのに、体がまいあがらないのだ。

クルルは、ただじっと草原のかたすみにうずくまるしかなかった。

冬が近づいてくる。

冬のモンゴルの草原は、零下五十度の寒さにおそわれる。

その前に、アネハヅルの群れは、ヒマラヤ山脈をこえて、インドにわたっていくのだ。

冬を前にして飛べなくなったツルは、死ぬしかない。

でもクルルには、そんなこと、どうでもよくなっていた。

えさを食べず、ただじっとうずくまっていることだけが、おしつぶされそうな最後のプライドを保つ、ゆいいつの方法に思えた。

やがてツルの群れが、南にむかって飛んでいくのが見えた。第二、第三の群れもわたりはじめる。
白い雪がちらほらとまいはじめたときだ。
クルルの目に、南の空からまいおりてくる一羽の鳥が見えた。
カララだ。
カララはなにもいわずにクルルのとなりにおりたった。クルルは、もしカララが、
「さあ、いっしょに行こう！」
といったら、たとえ飛べたとしても、首を横にふるつもりだった。
「オレなんかいらないだろう。」
ともいうつもりだった。
でも、カララはなにもいわなかった。
ただじっととなりにいて、南にわたっていく群れをいっしょに見つめていた。
日に日に寒さがましてくる。
（こいつ、覚悟してるんだ。）

クルルの心が少しずつとけていく気がした。

（そうか、オレが飛ばないとこいつも……。）

と思った、そのとき！

いきなり、しげみからキツネがあらわれた。

するどい歯が光り、カララにとびかかる。

「あぶない！」

そのしゅんかん、クルルはカララをつき飛ばすようにはばたいた。カララはそれを合図に飛びあがった。

「あっ……。」

気がつくと、クルルの体も空にまいあ

がっていた。

目標を失ったキツネが、くやしそうに空を見あげている。

「オレ、飛んでる。」

クルルは思わずさけんだ。

力いっぱいはばたくと、風のなかを体がぐんぐんとのぼっていく。

風を切る翼の音が、ここちよいリズムで体いっぱいにひびきわたった。

「わたれるぞ。これなら、あのそびえたった山をこえることができるぞ。」

カラがふりむいて、

「いっしょに行ってくれるかい？」

といった。

「もちろんさ。」

クルルも、少してれてわらってみせた。

二羽のアネハヅルは、さいごの群れを追うように、南にむかった。

翼を大きくはばたかせ、どこまでもどこまでも……。

考えを深める

お話のポイント

この本にのっているお話を通して、考える力を身につける読み方のポイントを紹介します。お話のポイントに注目してもう一度読んでみると、あたらしい気づきがあるかもしれません。お話を「考え」ながら読むことで、より面白く読むことができるようになっていき、国語が得意になります。

筑波大学附属小学校
国語科教諭　白坂 洋一

雪渡り

- 四郎とかん子はどんな人物だろう？
- 面白いな、すてきだなと感じた表現があれば、その理由を考えてみよう。

いつか、大切なところ

- 自分と亮太を比べて、似ているところ、違っているところはそれぞれあるだろうか？
- 亮太の気もちがゆれ動いている部分を見つけて、その理由を考えてみよう。

おにぎり石の伝説

- 「ぼく」のおにぎり石に対する気もちはどのように変わっていっただろう？
- おにぎり石は子どもたちにとって、どのようなものだっただろう？

おじいさんのランプ

- 「おじいさんのランプ」というタイトルに作者がこめた意味を考えてみよう。
- 物語の最後で「おじいさんはえらかったんだねえ。」と言った東一の気もちを考えてみよう。

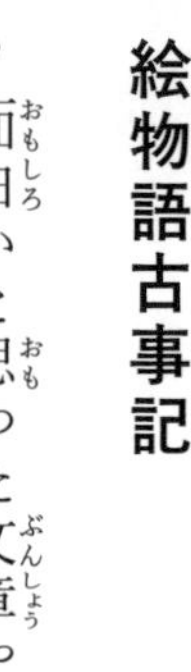

絵物語古事記

- 面白いと思った文章や表現があれば、その理由を考えてみよう。
- 古事記と関連する神話や伝承について、興味のあるものを調べてみよう。

かはたれ

- 登場人物のそれぞれの性格について考えてみよう。八寸はどんな河童だろう?
- 物語のなかで使われている季節を表す表現にはどのようなものがあるだろう?

もりくいクジラ

- モリクイをねらう人々の気もちを考えてみよう。
- ひよりじいさんの最後の言葉の意味を考えてみよう。

よだかの星

- よだかたちの会話のなかで気になった表現をさがしてみよう。
- お話の結末で気になったのはどんなところだろう？

ぽっぺん先生の日曜日

- ぽっぺん先生はどんな人物だろう？
- ぽっぺん先生が本の世界に入り込んだのはどこからだろう？　ぽっぺん先生がそのことに気づいたのはどこだろう？

風切る翼

- クルルとカラララの性格と、関係性を考えてみよう。
- クルルやカラララの心情がわかる表現にはどんなものがあるだろう？

おわりに

この本を読むことを通して、どんな表現の工夫を見つけることができましたか？

「いつか、大切なところ」の結末部分は、次のようになっています。

「顔を上げると、まだ明るい大きな空が広がっている。その中を、一筋の飛行機雲が、まっすぐにのびていた。」

一見すると、ただ景色の描写に思われますが、直前にある亮太の視点から描かれている言葉に着目すると、亮太の心情が重ねられていることに気付きます。この他にも「なみだがこみあげてきそうなのをこらえ、まどに目をやると、くすんだ色の景色が流れている。」もそうです。情景描写には時に登場人物の心情が反映されていることがあるのです。

「雪渡り」の「かた雪かんこ、しみ雪しんこ。」「キック、キック、トントン。」などは、リズムある表現として、文章中でも繰り返し登場します。物語中にある歌、例えば「ひるはカンカン日のひかり　よるは～」や「きつねこんこんきつねの子。去年きつねの～」などは五音と七音の組み合わせでできています。そこに作者はどのような意図をこめたのか、想像してみても面白いと思います。リズミカルなフレーズが、四郎とかん子ときつねたちの交流にも何か影響を与えているのでしょうか。

ここで紹介している物語の作者は魚住直子さんと宮沢賢治さんです。この方たちは他にも数多くの物語作品を書いています。

五年生の皆さんは、作者に目を向けて、作品を読み広げていくのもいいですね。

筑波大学附属小学校　国語科教諭　白坂　洋一

著者略歴

宮沢賢治（みやざわけんじ）

1896年、岩手県生まれ。主な作品に『銀河鉄道の夜』『風の又三郎』などがある。1933年死去。

魚住直子（うおずみなおこ）

1966年、福岡県生まれ。主な作品に『いいたいことがあります！』『クマのあたりまえ』などがある。

戸森しるこ（ともり）

1984年、埼玉県生まれ。主な作品に『ゆかいな床井くん』『トリコロールをさがして』などがある。

新美南吉（にいみなんきち）

1913年、愛知県生まれ。主な作品に『ごんぎつね』『手袋を買いに』などがある。1943年死去。

富安陽子（とみやすようこ）

1959年、東京都生まれ。『クヌギ林のザワザワ荘』「内科・オバケ科　ホオズキ医院」シリーズなど作品多数。

朽木 祥（くつきしょう）

1957年、広島県生まれ。主な作品に『彼岸花はきつねのかんざし』『風の靴』などがある。

川村たかし（かわむら）

1931年、奈良県生まれ。主な作品に『凍った猟銃』『山へいく牛』などがある。2010年死去。

舟崎克彦（ふなざきよしひこ）

1945年、東京都生まれ。主な作品に『雨の動物園』「日本の神話」シリーズなどがある。2015年死去。

木村裕一（きむらゆういち）

1948年、東京都生まれ。主な作品に『あらしのよるに』『カケルがかける』などがある。

底本一覧

雪渡り
（『風の又三郎』所収　ポプラ社　2005年）

いつか、大切なところ
（『ひろがる言葉　小学国語　五年上』所収　教育出版　2024年）

おにぎり石の伝説
（『新編　新しい国語5年』所収　東京書籍　2024年）

おじいさんのランプ
（『新美南吉童話選集４』所収　ポプラ社　2013年）

絵物語古事記
（『絵物語古事記』偕成社　2017年）

かはたれ
（『かはたれ』福音館書店　2005年）

もりくいクジラ
（『もりくいクジラ』BL出版　2019年）

よだかの星
（『風の又三郎』所収　ポプラ社　2005年）

ぽっぺん先生の日曜日
（『ぽっぺん先生の日曜日』岩波書店　2000年）

風切る翼
（『風切る翼』講談社　2002年）

監　修

白坂洋一

筑波大学附属小学校教諭。鹿児島県出身。鹿児島県公立小学校教諭を経て、現職。教育出版国語教科書編集委員。『例解学習漢字辞典［第九版］』（小学館）編集委員。著書に『子どもを読書好きにするために親ができること』（小学館）『子どもの思考が動き出す 国語授業4つの発問 』（東洋館出版社）など。

※現代においては不適切と思われる語句、表現等が見られる場合もありますが、作品発表当時の時代背景に照らしあわせて考え、原作を尊重いたしました。
※読みやすさに配慮し、旧かなづかいは新かなづかいにし、一部のかなづかいなど表記に調整を加えている場合があります。

よんでよかった！
考えを深める　教科書のお話　５年生
2025年2月　第１刷

監修	白坂洋一
カバーイラスト	ひらのりょう
カバー・本文デザイン	野条友史（buku）
DTP	株式会社アド・クレール
校正	株式会社円水社
発行者	加藤裕樹
編集	荒川寛子・井熊瞭
発行所	株式会社ポプラ社 〒141-8210　東京都品川区西五反田３－５－８ JR目黒MARCビル12階 ホームページ　www.poplar.co.jp
印刷・製本	中央精版印刷株式会社

ISBN 978-4-591-18538-4 N.D.C.913 239p 21cm Printed in Japan

P4188005